初學記卷第十二

職官部下

錫山安國校刊

侍中第一

敘事　侍中古官也黄帝時風后爲侍中周時號常伯周公立政篇戒成王常伯常任以爲左右是也秦取古官置侍中之職應劭漢官云侍中周官以其周曰常伯故曰周官班固漢書云侍中秦官以其秦取古官復置之故曰秦官其實古官初秦置侍中本丞相史也丞相使史五人來往殿内奏事故謂之侍中漢因之多以爲加官漢書公卿表曰侍中散騎中常侍所加或列侯將軍卿大夫言此等官兼加侍中也初漢本用舊儒高德備切問近對然貴遊子弟及倖臣榮其官至襁褓受寵位服綺襦紈袴漢初籍孺閎孺皆冠鵕鸃冠貝帶傅脂粉張辟強年十五霍去病年十八並爲侍中漢官二云侍中冠武弁大冠亦曰惠文冠漢書云昌邑王賀冠惠文音義云惠文今侍中

所著加金璫附蟬爲文貂尾爲飾謂之貂蟬侍中服之
則左貂常侍服之則右貂董巴輿服志云金取堅剛百鍊不耗蟬取居高飲清貂取內勁悍外温潤本趙武靈王胡服之制秦
始皇破趙得其冠賜侍中西漢无常員多至十人齊職儀云漢侍中掌乘輿服物下至
褻器獸子之屬武帝代孔安国爲侍中以其儒者特聽掌御唾壺朝廷榮之初漢侍中親省起居故俗謂執獸子獸子褻器也
至魏文帝時蘇則爲侍中嘗與則同隱吉茂者是時仕甫歷縣令見則調之曰仕進不止執獸子東漢初無
常員齊職儀云東漢侍中便蕃左右與帝升降法駕出多識者一人參乘兼負傳国璽操白蛇劍至靈
帝時侍中舍有八區論者因言員本八人獻帝起居注曰
初置侍中六人出入禁中近侍帷幄省尚書奏事據此漢末未或省員魏侍中置四人齊職
儀云魏侍中掌儐賛大駕出則次直侍中護駕正直侍中負璽陪乘不帶劍皆騎從御登殿與散騎侍郎對挾帝侍中居左

常侍居右備切問近對拾遺補闕也晉宋齊梁陳置四人齊職儀及五代史志云自晋宋齊梁
魏陳侍中並與三公參国政直侍左右應對献替法駕出則正直一人負璽後魏北齊置六人
五代史百官志云北齊侍中因後魏置六人掌献納諫正及進御之職參與諸公論国政也後周初依
周禮天官府置御伯中大夫武帝改御伯爲納
言亦侍中之任宣帝末又別置侍中爲加官隋
文帝改侍中爲納言置二人煬帝改爲侍內隋室
諱中故改避之唐朝復爲侍中龍朔初爲東臺左相咸亨
初復舊光宅初改爲納言神龍初復舊開元初
改爲黃門監五年復舊門下省自晋以來名之唐朝三年改爲東臺光宅初改曰鸞臺

開元改爲黃門省

事對

玉署 **瑣闈** 漢書曰李尋字子長通尚書哀帝初即位召尋待詔黃門使侍中傅喜問尋尋對曰位卑術淺偶隨衆賢待詔反汚玉堂之署漢官儀侍中有玉堂署衛宏漢舊儀曰黃門郎屬黃門令日暮入對青瑣闈拜名夕郎爾雅曰宮中門謂之闈

黃樞 **青闥** 盧諶宣徽賦曰鄭山潛於谷口揚朝隱於黃樞諶注曰楊雄爲黃門郎三葉不徙官散騎常侍范雲與王中書詩曰攝官青瑣闥遙望鳳皇池

東寺 **左曹** 漢官儀曰尚書令侍中上東西寺及侍中寺又曰左右曹受尚書事沈約宋書曰漢使左右曹諸吏分掌尚書奏事光武省諸吏信小黃門受事前代文士皆謂門下爲左曹亦曰東寺

畫室 **丹地** 漢官儀曰侍中秩千石黃門有畫室署畫室署長一人玉堂署長一人蔡質漢官曰尚書奏事於明光殿省中皆胡粉塗壁其邊以丹漆地故尚書郎含雞舌香伏其下奏事黃門侍郎對揖而跪受

瑣闥 **玉堂** 瑣闥見青闥注中玉堂見玉署注 已上挍裁門下

掌壺 **負璽** 孔叢曰孔臧與子琳書曰侍中安国羣臣近見崇礼不供褻事猶復掌御唾壺朝廷之士莫不榮之環濟要略曰侍帷幄受顧問拾遺於左右大駕出則負璽以從小則叅乘

珠闕 **金蟬** 相書占氣如連珠雜要曰氣色如連珠入闕門爲侍中漢官曰侍中周官也金蟬右貂金取堅剛百鍊不耗蟬居高食潔目在腋下

八舍 **七車** 八舍見叙事陳壽益部耆舊傳曰蜀郡張寛字叔文漢武帝時爲侍中從祀甘泉至渭橋有女人浴於渭水乳長七尺上怪其異遣問之女曰帝後第七車者知我所來時寛在第七車對曰天星主祭祀者齋戒不嚴則女人見

抱劒 **伏茵** 漢官曰侍中殿下稱制出則叅乘佩璽抱劒漢舊儀曰侍中左右近臣見皇后如見帝婕妤行則對壁坐則伏茵

賜綬 **引裾** 後漢書曰丁鴻字公永永平中詔徵賜綬拜侍中魏略曰辛毘遷侍中于時帝欲徙冀州戶十萬實于河南毘曰陛下不以臣不肖置之左右安得不與臣議帝不荅起入內毘隨而引其裾帝遂奮衣不還

七葉 **三代** 三輔故事曰金日磾字翁叔封[redacted]侯有忠勤之節七葉侍中東觀漢記曰馮魴字孝孫父子兄弟並帶青紫三代侍中

遊鸞渚 **含雞香**

遊鸞渚具下傳咸詩應劭漢官曰侍中方存年老口臭上出雞舌香使含之 **青蒲伏** **綠車載** 漢官曰史丹爲侍中元帝寢疾丹以親密近臣得視疾候上閒獨寢時丹直入卧内頓首伏青蒲上應劭注曰以青規地曰青蒲漢書曰衛尉金敞疾甚成帝拜敞子涉爲侍中使綠車載送衛尉注曰綠車皇孫車所以寵之言衛尉常清顯在朝尊貴

侍帷幄 **管喉脣** 戴逵竹林七賢論曰山濤太始七年爲侍中詔曰清風淳履思心通遠宜侍帷幄謝綽宋拾遺曰王華王曇首殷景仁劉湛四人宴飲從朝至夕帝甚歡華既出太祖目送之歎曰此四賢一時之秀同管喉脣恐後世難繼矣 **便繁左右** **從容諷議** 應劭漢官曰侍中周官也便繁左右與帝升降卒思近對拾遺補闕百寮之中莫密於茲張隱文士傳曰張衡拜侍中恒居帷幄從容諷議拾遺左右

[illegible]

晉傳咸贈何劭王濟詩幷序

朗陵公何敬祖咸之從內兄國子祭酒王武子咸從姑之外孫也並以明德見重於世咸親之重之情猶同生義則師友何公既登侍中武子俄而亦作二賢相得甚歡咸亦

慶之然自恨闇劣雖願其繾綣而從之未由歷試无効且有家艱心存目替賦詩申懷以貽之云爾日月光太清列宿曜紫微赫赫大晉朝明明闢皇闈吾兄既鳳翔王子亦龍飛雙鸞游蘭渚二離揚清暉携手升玉階並坐侍丹帷金璫綴惠文煌煌發令姿斯榮所[redacted]繾綣情所希豈不企高蹤麟趾邈難追臨川靡芳餌何爲空守坻枯槁待風飄逝將與君違違君能无戀尸素當言歸歸身蓬蓽廬樂道以忘飢進則无云補退則恤其私但願隆弘美王度日清夷

【箴】

後漢胡廣侍中箴

皇矣聖上神居天處勤求俊良是弼是輔匪懈于位庶工以序昔在周文創德西隣勗聞上帝賴茲四臣辛尹是訪八虞是詢濟濟多士又用有勳文公欽若越與周道亦惟先正克慎左右常伯常任寔爲政首降及厲王不祗不恪暱彼宗夷用肆其虐惟敗天命寇戎並作圮墜宗緒寢廟靡託无曰我賢不選至親无曰我仁妄用嬖人籍閎飾顏穢我神武鄧通擅鑄卞終厥後中書竊命石弘作禍高安斷决哀用无主侍中司中敢告執矩

【表】

梁王筠爲從兄讓侍中表

至如元勳舊儒之胄積德累仁之家九代七葉之華相韓事漢之貴不然則子駿之

學洞古今平子之思侔造化仲宣之辯識无滯次仲之解經不窮然後可以喻旨公卿問對帷扆陪六尺之輿通四方之意求之微臣此途頓隔

任昉爲王思遠讓侍中表 行則六尺之內陪接天光上則服璽申命誠信區寓獻可替否出納惟宜敷奏於金華之上進讓於玉堂之下金還七貴之茂王粲二公之孫雖復中蔚孤緒元卿末裔未有不階人譽妄承曲知

黃門侍郎第二

敘事 案黃門侍郎秦官也漢因之無常員董巴漢書曰禁門曰黃闥中人主之故號黃門令矣然則黃門郎給事於黃闥之內入侍禁中故號曰黃門侍郎 劉向戒子歆書曰今若年少得黃門侍郎要處也李尋董賢並爲黃門侍郎成帝遣張禹歸第於牀下拜禹小息亦爲黃門侍郎 應劭曰黃門郎每日暮

向青瑣門拜謂之夕郎齊職儀曰初秦又有給事黃門之職漢因之 漢書云楊雄劉向並爲給事黃門 至東漢初并二官曰給事黃門侍郎後又改爲侍中侍郎尋復舊自魏及晉置給事黃門侍郎四人與侍中俱管門下衆事與散騎常侍並清華代謂之黃散焉宋齊置四人 齊職儀云齊代侍中呼爲門下給事黃門侍郎呼爲小門下 五代史志云梁陳置四人至煬帝減二員去給事之名直曰黃門侍郎 隋氏用人益重裴矩裴蘊爲之皆知政事 唐朝因之

事對 夕郎 夜拜 夕郎見敘事東觀漢記曰馬防字子鉅爲常從小侯六年正月齋中

官其■日甲子上欲冠子鉅夜拜爲黄門侍郎**儀表　珪璋**東觀漢記曰鄧閶字季昭遷黄門侍郎下
時国家每有災異水旱閶側身暴露憂懼顦顇形於顏色公卿以下咸高尚焉漢興以來爲外戚儀表王隱晉書曰顗榮少有
珪璋符采朗徹仕吳弱冠舉賢良爲黄門侍郎當時後進盡相推謝稱榮有大才令望**侍講　著詩**
魚豢魏略曰董遇字季直獻帝時爲黄門侍郎朝夕侍講焉天子甚愛信魏高貴鄉公集曰幸華林賜群臣酒酒酣上援筆賦
詩羣臣以次作二十四人不能者詩受罰酒黄門侍郎鍾會爲上**畫成圖　書壞本**王隱晉書
曰張華爲黄門侍郎博覽圖籍千門萬戶畫地成圖王䛇別傳曰䛇字昭先魏文以䛇爲黄門侍郎每納忠言輒書壞本自在
禁省歸書不封帝嘉其淑慎如此**二子並拜　三代不徙**桓階別傳曰階爲尚書令文帝
幸見諸子少子元禪上搏手曰長者子元禪是日拜二子爲黄門侍郎漢書曰王音薦楊雄待詔歲餘爲給事黄門成哀平三
代不徙**入拜青瑣　對揖丹墀**上見敘事下具侍中事對丹地注**恂**

恂可觀　軒軒得志漢書曰馮參字叔平以昭儀少弟爲人矜嚴好脩容儀進止恂恂可
觀也傅子曰王黎爲黄門郎軒軒然得志煦煦然自樂**詩　魏知古和鸞臺楊侍**
郎春夜寓直鳳閣懷群公詩拜門傳漏晚寓省索居時昔重安仁賦今稱伯
玉詩鸞池注不溢雞樹久逾滋夙夜懷山甫清風詠所思**制　唐中宗孝和皇帝授韋**
嗣立黄門侍郎制絳衣近侍秩亞貂蟬青瑣崇班職參鴛鷺實神化之有寄信賢才之攸重
通議大夫韋嗣立忠規奕葉孝緒蟬聯家臣玄鸞之朝人輔彤雲之代芝蘭並秀見謝砌之階庭麒麟齊驅有劉山之昆季入
光振鷺譽滿三臺出據憑熊聲流十部近者命茲鸞渚已擢鴻行纔出芸扃奄歸蒿里永言荊樹坐折連枝眷彼恒山空餘一
鳥俾遷榮於阜蓋宜襲寵於黄樞

給事中第三

敘事　漢官云給事中秦官也漢因之

無常員皆爲加官漢儀注所加或大夫博士議郎兼加之掌顧問應對位次中常侍

給事中日上朝謁平尚書奏事以有事殿內故

曰給事中齊職儀云東漢省其官魏晉宋齊並

置無常員皆隸集書省齊職儀云齊給事中皆隸集書省與諸散騎同掌侍從左右獻

給省諸文奏北齊依後魏置六十人後周天官府置給

事中士六十人隋文帝門下省置給事二十人

除中字国諱掌陪從朝直煬帝改名給事郎減置四員掌省讀案奏唐又曰

給事中龍朔二年改爲東臺舍人咸亨初復舊

【事對】顧問　侍從顧問見叙事注胡伯始曰給事掌侍從左右无員位次侍中中常侍

名儒　茂親胡伯始曰給事常侍從左右无員位次侍中中常侍或名儒或国親漢東方朔中郎爲給

事中劉向諫議大夫爲給事中　履素　立德晉起居注曰武帝太康七年詔曰郎中張建忠篤履素爲

江表士大夫所稱宜在中朝其以建爲給事中王隱晉書曰任愷字伯遠立德邈然徵拜給事中　潔行　俊

才王隱晉書曰陳劭字節良太始六年詔曰燕王師劭清貞潔靜行著邦族荀綽兗州記曰袁准字孝尼有俊才太始

中拜爲給事中　明經　効事范曄後漢書曰鄭衆字仲師以明經拜給事中傅玄子曰馬鈞字德衡爲

給事中與高堂升平秦郎爭論於朝言及指南車二子云无此記虛耳鈞曰虛爭空言不如誠之効矣

【詩】唐沈佺期自考功員外拜給事中詩南省推丹地東曹拜瑣闈惠移双管筆恩

降五時衣出入宜真選遭逢每[redacted]飛器慙公理拙才謝子雲微

忝續遺常禮朋儕偈等威上台行揖讓中禁動光暉旭日千門

起初春八舍歸贈蘭闈宿昔談樹隱芳菲省躬知任重寧止冒榮非　又酬楊給事廉見贈

省中詩子雲推辯博公理擅詞[illegible]妙自尚書省旋聞給事中言從温室祕籍向瑣闈通顧我叨郎署慙无章奏工
分曹八合斷解抉五時空宿昔叨餘論平生賴擊蒙神仙[illegible]東掖雲霧限南宮怨枉瓊田贈長歌蘭渚宮

散騎常侍第四

叙事 案散騎常侍本二官皆秦置
也漢官云秦置散騎又置中常侍散騎騎從傍乘輿車後献可替否中
常侍得出入禁中常侍左右 漢因之兼用士人无常員多以爲
加官所加或列侯將軍卿大夫兼加之原其所置二職皆舊儒骨鯁以備顧問與侍中同元帝時劉向累遷散騎常
侍與蕭固大儒同侍左右是也後雜伍貴遊子弟班伯成帝時爲中常侍與王許子弟爲羣在綺襦紈袴之■ 皆銀
璫附蟬爲文貂尾爲飾謂之貂璫常侍服之則左貂中侍服之則右貂
東漢省散騎之職而中侍改用宦者无常員殤

帝改施金璫齊職儀云魏文帝復置散騎之職
以中常侍合爲一官除中字直曰散騎常侍置
四人典章表詔命手筆之事晉置四人隷門下
又領員外散騎常侍无員魏末置又有通直散騎常侍四人晉武太始十年使二人與散騎常侍四人同置自魏至晉散騎常
侍散騎侍郎與侍中黃門侍郎共平章尚書奏事江左乃罷之又有員外散騎侍郎无員晉武所置又有通直散騎侍郎四人
晉元太興初使二人與散騎侍郎通員直謂之通直散騎侍郎凡六散騎焉 晉初此官選望甚
重與侍中不異自宋以來其任閑散用人益輕
宋孝武大明年舉選此侍中而人情久習終不見重尋復舊也別置集書省領之齊氏
因之言掌圖書文翰之事故曰集書省其領諸散騎同晉氏 五代史百官志云

梁陳集書省置散騎常侍四人後魏北齊集書省置六人其領諸散騎並同晉氏

隋文廢集書省徙諸散騎入門下省唐初

並廢六散騎以爲散官貞觀初唯置散騎常侍

二人隷門下明慶初又置二人隷中書並金蟬

左右珥貂侍中與左散騎則左貂中書令與右散騎則右貂世謂之八貂焉龍朔二年

改爲左右侍極在中書曰右侍極在門下曰左侍極咸亨初復舊**事**

對參乘　挾帝王隱晉書曰鄭默字思元爲散騎常侍武帝出南郊侍中以陪乘詔曰使鄭常侍參

乘齊職儀云魏氏侍中掌擯贊大駕出則次直侍中護駕正直侍中負璽陪乘不帶劒皆騎從御登殿與散騎常侍對挾帝時

中居左常侍居右　插貂璫　賜牀帳魏略曰散騎常侍比於侍中貂璫插右黃初中始置四人

出入侍從與上談議不典事晉起居注曰太康七年詔曰尚書焉　忠亮在公歷職內外勤恪匪懈而疾未差屢求放退其以

[illegible]爲散騎常侍賜錢二十萬牀帳一具　掌規諫贊詔命魏志曰文帝延康元年置散騎常侍爲一

官省中字置四人與侍中同掌規諫華嶠集詔曰散騎以從容侍從承荅顧問有職文掌贊詔命平處分籍言此官特宜選賢

居獻替　荅顧問晉起居注曰升平五年詔曰前西中郎謝方才義簡亮宜居獻替其以爲散騎

常侍荅顧問見贊詔命注中　夾乘輿　侍廊廡應劭漢官曰秦及漢置散騎中常侍各一人官

並无負散騎馬夾乘輿車獻可替否環濟要略曰散騎常侍入侍左右出則侍事於廊廡之下　入侍左右

與上談議入侍左右見侍廊廡注魏略曰散騎常侍比侍中貂璫插右黃初中始置四人出入侍從與上談議

不典事後遂以爲加官　**表**梁任昉爲范雲讓散騎常侍吏部

尚書表夫銓衡之重關諸崇替遠惟則哲而在昔帝猶難漢魏以降達識繼軌雅須所歸唯稱許郭齊季陵遲官

方弛剔革創惟始義存改作恭己南面責成斯在豈宜妄加寵私以之王事附蟬之飾空成寵章求之公私授受交失近代者功緒參差或足食關中或成軍河内或盛德如卓茂或師道如桓榮四姓侍祀已无足紀五侯外戚且非舊章而臣之所附唯在恩澤臣去歲冬初国學之老博士耳今茲首夏將亞台司雖千秋之一日九遷荀爽之十旬遽至方之微臣未爲速達臣雖无識唯利所視至于虧名損實爲国爲身知其不可不敢妄爲陛下不弃管蒯愛同絲麻儻平生之言猶在聽覽寸心素志无復二辞矜臣所乞特迴寵命則彝章載穆微臣知免

諫議大夫第五

敘事 案諫議大夫秦官也齊職儀云初秦置諫議大夫屬郎中令無常員多至數十人掌論議漢武改郎中令爲光祿勳漢初不置至武帝始因秦置之無常員皆名儒宿德爲之隸光祿勳光武增議字爲諫議大夫置三十人屬光祿勳依漢氏而晉宋齊並不置五代史百官志云梁陳亦置北齊依後魏集書省置諫議大夫七人隋門下省置七人唐因之減置四人龍朔二年改爲正諫議大夫神龍初復舊

事對 清愼 諒直 司馬彪續漢書曰周舉字宣光梁商表爲從事中郎商疾甚帝問遺言對曰臣從事中郎周舉清愼高亮可任諫議大夫謝承後漢書曰傅翻字君成轉諫議大夫天性諒直數陳讜言武帝嘉之

方正 忠謇 漢書曰孔光字子夏經學尤明匡衡舉孔光方正爲諫議大夫謝承後漢書曰虞承字叔明拜諫議大夫雅性忠謇在朝堂犯顏諫爭終不曲撓散祿賑給諸生言德无比

論得失 陳讜言 漢書丙吉字子陽爲諫議大夫是時宮室

車服甚盛外戚貴寵吉上疏論得失上以其迂闊不甚寵異謝承後漢書曰傅翻字君成轉諫議大夫天性諒直數陳讜言武帝嘉之

乘高車　止靈臺 東觀漢記曰郭丹字少卿從師長安買符入函谷關乃慨然而歎曰丹不乘使者車不出此關既至京師嘗爲都講更始二年爲諫議大夫持節歸南陽自去家十三年果乘高車出關三輔決録曰第五頡字子陵爲諫議大夫洛陽无主人鄉里无田宅寄止靈臺中或十日不炊

天子納善　好事從遊 漢書曰貢禹字少翁元帝徵禹爲諫議大夫數虚已問以政事是時年穀不登禹奏言宮室制度從儉省天子納其善言又曰楊雄字子雲以耆老久次轉爲諫議大夫以疾免復召爲諫議大夫家室貧嗜酒人稀至其門時有好事者載肴酒以從遊學

持節南陽　作賦東觀 持節南陽見乘高車注常璩華陽國志曰李尤字伯仁賈逵薦尤有楊雄之才明帝召入作東觀辟雍德陽諸觀賦銘遂拜諫議大夫

召入作賦　從幸爲歌 召入作賦見東觀注中漢書曰王褒字子淵爲諫議大夫褒從獵所幸之宮觀爲歌頌諫者以爲淫靡不急

箴

後漢崔寔諫議大夫箴 于昭上帝迪茲旣哲匪于水鑒惟人是察處有誦訓出有旅賁木鐸之求爰納遒人各有攸記政以不紛昔在大禹拜承昌言癸辛暴戾虐及于天逮于周厲慢德不蠲煦煦胥讒人謗乃作不顧厥愆是討是格庶類不堪流之彘宅防人之口譬諸防川豈不速止潰乃溽湲溽湲尚塞言擁爲賊默默之患用顛厥国諫臣司議敢告有翼

御史大夫第六

敘事 **案御史大夫秦官也** 應劭曰侍御之率故曰大夫周官宗伯之屬有御史掌贊書注曰御侍也進也戰国以爲糾察之官兼典史官秦趙會澠池各領御史監察御史置大夫以領之 **漢因之掌副丞相九卿高第者拜之其任職者轉爲丞相至成帝改曰大司空** 漢書曰何武建言依古置三公官改御史大夫爲大司空改丞相爲大司徒與大司馬爲三公也 **哀帝復爲御史大夫**

尋復改曰大司空歷後漢因之至獻帝時魏武
爲魏王復置大夫魏文黄初初復省置之歷晉
宋之後咸因之並以中丞爲臺主已上並見漢官及齊職儀至
隋氏復置大夫五代史百官志云隋室諱中置大夫省中丞唐朝因之龍
朔二年改大夫爲大司憲咸亨初復舊署
梓 列柏衛宏漢舊儀曰御史大夫寺在司馬門内門无[redacted]署用梓板不起郭邑題曰御史大夫寺漢書曰
朱博爲御史大夫其府列柏樹常有野烏數千棲宿其上晨去暮來号曰朝夕烏憲臺 法冠謝靈
運晉書曰漢官尚書爲中臺御史爲憲臺謁者爲外臺是爲三臺自漢罷御史大夫而憲臺猶置以丞爲臺主中丞是也漢官
儀曰侍御史周官也爲柱下史冠法冠一名柱後以鐵爲柱言其審固不撓常清峻也絳騶 白簡

沈約宋書曰顔延之言其爲御史中丞何尚之與延之書曰絳騶清路白簡深劾取之仲容或有虧耶火精
霜簡黄石公陰謀祕法曰熒惑火之精御史之象主禁令刑罰收捕糾正崔篆御史箴曰簡上霜凝筆端風起漢書
孫寳謂侯文曰今鷹集始擊以成嚴霜之威副相 次卿漢書曰御史大夫秦官掌副貳丞相應劭
漢宮曰御史大夫本秦官也位次上卿青綬 蒼佩漢書曰御史大夫秦官也位次上卿銀印青綬
佩水蒼玉侍御之率 刀筆之吏漢書公卿表曰御史大夫秦官也應劭曰侍御之率故稱
大夫漢帝集曰武帝作栢梁臺詔羣臣二千石有能爲七言者乃得上坐御史大夫曰刀筆之吏臣執之無以易
堯 莫敢難錯史記曰齊人方與公謂御史大夫周昌曰君之吏趙堯年雖少奇士也君其必異之是
代君位昌笑曰刀筆之吏安能至是及昌相趙高祖以御吏大夫印弄之誰可以爲者視趙堯曰无以易堯遂拜之又曰晁錯
遷爲御史大夫請諸侯之罪過則削其地收其版郡奏上上令公卿列侯宗室集議莫敢難錯獨實嬰爭之由此與嬰有隙

奏去副封　渉對具獄漢雜記事曰故事上書爲二封
其一曰副領尚書者先發一副
封有不善屏去不奏魏相爲御史大夫奏去副封以防擁蔽漢
書曰張敞爲御史大夫上具獄事可者却之不可者不得已而
爲之渉泣而對之其愛人若此年老請　請造白金　願
免天子亦寵以上大夫禄歸老于家
罷滄海漢書張湯爲御史大夫丞上請造白金與五銖錢籠
天下鹽鐵排富商大賈又曰公孫弘爲御史大夫時
又東置滄海北置朔方之郡弘諫以爲罷弊中
国以奉无用之地願罷滄海專奉朔方上許之　飾詐釣名
舞文輔法　漢書曰汲黯謂上曰公孫弘位在三公俸禄甚
多然爲布被此詐也上問弘弘謝曰有之夫三
公爲布被誠飾詐以釣名令臣弘位爲御史大夫九卿以下
無差誠如黯言又曰張湯爲御史大夫舞文巧詆以輔法
制　唐中宗授揚再思檢校左臺大夫制避車要
秩非德
廊升專席雄班惟賢是屬侍中揚再思衣冠舊齒廊廟宏材寒
暑不易其心始終弗虧其度在明時而有立居暗室以无欺投
安徒坡舘

水陳謨邁漢朝之三傑露砂作相埒虞日之五臣森乎抱松柏之
公凛乎實氷霜之氣佇因獻替兼肅權豪宜分務於鸞鶴俾効
能於烏署　又授蘇珦右臺大夫制烏臺峻秩望總鐵冠蒼
珮崇班威高石室誠副
相之榮級實大卿之通任前岐州蘇珦詞吞楚澤量湛黄陂既
光大廈之材堪入巨川之用西京展驥道掩題輿右輔憑熊風
超露冕朱帷霧撤初停州縣之
勞白簡霜凝宜屏權豪之氣

御史中丞第七

敘事　案御史中丞秦官也掌貳大
夫漢因之御史大夫本有兩丞其一曰御史丞
一曰御史中丞謂之中者以其别在殿中掌蘭
臺祕書外督部刺史内領侍御史受公卿章奏
糾察百僚休有光烈至成哀間改大夫爲大司

空而中丞更名御史長史出外爲臺主光武復曰中丞與尚書令司隸校尉專席而坐京師號曰三獨坐獻帝權置大夫而中丞不省魏初罷大夫改中丞名官正復爲臺主尋又改曰中丞晉宋之後並因之（已上並見漢官及齊職儀）後魏書官氏志云後魏改中丞爲中尉五代史百官志云北齊又改爲中丞隋室諱中省中丞增持書御史之品以代之（案持書侍御史者本漢宣帝時路溫舒上書宜尚德緩刑帝深采覽焉季秋後請讞時帝幸宣室齋居而決事令侍御史二人持書故曰持書侍御史後因別置冠法冠與符璽郎共平理廷尉奏事其後歷代並置之至隋增品代御史中丞之職唐朝初因之貞觀末省之）唐初因之貞觀末省持書侍御史又置中丞龍朔二年改爲司憲大夫咸亨初復舊

【事對】

專席　分路（續漢書云宣臣公拜御史中丞與司隸校尉尚書會同並專席而坐故京師號曰三獨坐魏氏春秋曰故事御史中丞與洛陽令相遇則分路而行以土主多逐捕不欲稽留）

石室　蘭臺（環濟要略曰御史中丞有石室以藏祕書圖讖之屬漢官儀曰御史中丞二人本御史大夫之丞其一別在殿中兼典蘭臺祕書外督部刺史內領侍御史受公卿章奏糾察百僚休有烈光）

舉劾案章　休有烈光（漢書曰御史中丞二人本御史大夫之丞其一別在殿中舉劾案章故曰中丞休有烈光見蘭臺注中）

肅內外　分黑白（傅宣列傳曰宣爲御史中丞明法直繩內外震肅甚有威風漢書曰鮑宣字貢君宣爲中丞執法殿中外摠部刺史郡國二千石所貶退稱進白黑分明由是知名）

無迴避　不

吐茹 續漢書曰馬嚴字威卿拜御史中丞賜冠幘衣服車馬嚴舉劾案章申明舊典奉法察舉无所廻避百寮憚之王隱晉書曰熊遠字孝文遷御史中丞中宗每歎其公忠謂遠曰卿在朝正色不茹柔吐剛忠亮至劉可謂王臣

奏彈夜警 法鞭儲傅 晉中興書曰王恬字元愉爲御史中丞值海西公廢太宗即位未解嚴大司馬桓溫屯中堂夜吹警角恬奏劾大不敬請治罪明日溫見奏事歎曰此兒乃敢彈我真可畏也梅陶自叙曰余居中丞曾以法鞭皇太子傅親友莫不致諫余笑而應之堂高由陛皇太子所以崇於上由吾奉王者法吾其枉道曲媚後皇太子將見延請賜以清讌於是太子禮敬之如師

周處正繩 陳謙奉法 王隱晉書曰周處字子隱爲御史中丞奏征虜將軍石崇大將軍梁王彤等正繩直筆權豪震肅續漢書曰陳謙字伯讓拜御史中丞執憲奉法多所糾正爲百寮所敬也

詩 **隋江揔贈孔中丞奐詩** 我行五嶺表辭卿二十年聞鷺欲動詠披霧即依然疇昔同寮寀今隨年代改借問藏書處唯君故人在故人名官高清簡肅權豪誰知懷九歎徒然泣

二毛

箴 **晉傅咸御史中丞箴** 百官之箴以箴王闕余承先君之蹤竊位憲臺懼有忝累垂翼之責且造斯箴以自勗勵不云自箴而云御史中丞箴者凡爲御史中丞欲通以箴之也煌煌天文衆星是環爰立執法其暉有渙執憲之綱秉国之憲鷹揚虎視肅清違慢謇謇匪躬是曰王臣既直其道爰顧其身身之不顧孰有弗震邦国若否惟仲山甫山甫是明焉用彼相莫扶其傾淮南構逆實憚汲生赫赫有國可无忠貞憂責有在繩亦必直良農耘穢勿使能植无禮是逐安惜翅翼嗟爾庶寮各敬乃職无爲罰先无怙厥力怨及朋友无懟于色得罪天子內省有愆是用作箴惟以自勑

侍御史第八
殿中監察御史附

叙事 **侍御史秦官也** 漢官云老子爲周柱下史張蒼秦時爲御史主柱下方書侍御史之任也 **漢因之署十五人魏八人晉九人宋齊十人梁陳九人後魏北齊隋八人** 出漢官及五代史百官志 **殿中侍御史魏置也初魏蘭臺遣二**

御史居殿中伺察非法故曰殿中侍御史晉宋齊置二人梁陳置四人後魏置十四人北齊置十二人隋初改曰殿中侍御史煬帝省之出齊職儀及五代史百官志

監察侍御史隋置也東晉置檢校御史知行馬外宋齊梁陳並省之後魏北齊復置十二人隋改檢校御史爲監察御史蓋亦取秦監察御史之義以名之出五代史百官志

事對

豸冠 鐵柱 胡廣漢官儀曰御史四人持書皆法冠一名柱後一名獬豸獬豸獸名知人曲直觸邪佞漢官曰侍御史周官爲柱下史冠法冠一名柱後以鐵爲柱言其審固不撓

繡衣 白筆 漢書曰王禁字翁孺武帝時爲繡衣御史逐捕群盜魏略曰帝嘗大會殿中御史簪白筆側階而坐上問左右此爲何官何主左右不對辛毗曰此謂御史舊時簪筆以奏不法今者直備官但珥耳

避馬 埋輪 續漢書曰桓典字公雅爲侍御史是時宦官亂政典執政心无所廻避常乗驄馬京都畏之爲語曰行行且止避驄馬御史又曰張綱字文紀遷侍御史漢初選八使巡行風俗八使同日拜謂之八彦皆宿儒要位唯綱年少官微受命各之部而綱獨埋車輪於洛陽都亭曰豺狼當路安問狐狸遂奏大將軍梁冀兄弟罪惡京師震竦

擴劍 持戟 續漢書曰仲暠字景伯順帝時爲侍御史監護太子承光宮中常侍高梵受勅迎太子不賫詔書以衣車載太子欲出太子太傅高襄不知所以力不能止開門臨去暠至擴劍當車曰御史受詔監護太子太子国之儲副人命所繫常侍來无一尺詔書安知非挾姦耶今日之事有死而已梵不敢爭陳壽耆舊傳曰楊仁字文義明帝引見問當代政治之事仁對上大竒之拜仁侍御史明帝崩是時諸馬貴盛各爭入宮仁披甲持戟遮勑宮門不得令入章帝既立諸馬更譖仁刻峻於是上善之

劾霍光 收梁冀 漢書曰嚴延年遷侍御史劾霍

光尃廢立續漢書曰陳翔字子麟遷侍御史元日朝賀梁冀威儀不整請收理罪時人奇之　**左雍以能擢**　**孫綝習事補**　曹氏傳曰左雍起於辟吏武帝以爲能擢爲殿中侍御史山公啓事曰中書屬通事令史孫綝限滿乆習內事才宜殿中侍御史須空補之不審可否詔曰可

詩　**蘇味道贈封御史入臺詩**　故事推三獨茲袞對兩闈夕林共鳴舞屏草接芳非盛府題青䕺殊章動繡衣風連臺閣起霜就簡書飛凛凛當朝色行行滿路威唯當擊隼去復覩落鵰歸

又始背洛城秋郊矚目奉懷臺中諸侍御詩　薄遊忝霜署直指戒冰心荔浦方南紀衡皐暫北臨山晴關塞斷川暮廣成陰陽圓通圭甸澥勝礙石林野童來招拾田叟去謳吟蟋蟀秋風起蒹葭晚露深帝城猶鬱鬱征傳幾騤騤迴憶披書地勞歌謝所欽

元希聲贈皇甫侍御赴都詩　東南之美生于會稽牛斗之氣蓄於昆溪有瑶者玉連城是齊有威者鳳非梧不棲淇猗嗟衆玠以況君子公侯之胄心復其始利器長材溫儀峻峙淇道心惟微厥用允塞德暉不泯而映邦国靜以有神動而作則九皐千里其声不忒淇粵在古昔分官厥初剌邪矯枉非賢勿居稜稜直指烈烈方書蒼玉鳴佩繡衣登車騏綽綽夫君是膺柱下凖繩有望名器无假寵蓋伯山氣雄公雅立朝正色侯我能者祺載懷朋情嘗接閑宴好洽昆弟官聯州縣如彼松竹春榮冬蒨柯葉藹然不渝霜霰淇會合非我關山坐遠離鴻曉引別葉秋飛騑驂徐動樽餞相依遠情超忽歧路光輝淇金石其心芝蘭其室言語方間音徽自溢肅子風威嚴子霜質贈言歲暮以保貞吉淇

祕書監第九

叙事　按祕書監後漢桓帝置也掌圖書祕記故曰祕書後省之至獻帝建安中魏武爲魏王置祕書令典尚書奏事即中書之任也亦兼掌圖書祕記之事魏文黃初初分祕書立

中書中書自置令典尚書奏事而祕書改令爲監別掌文籍焉案漢官及齊職儀秦漢置尚書通掌圖書祕記章奏之事漢武罷尚書官置中書掌其事漢武罷中書官又置尚書漢献帝置祕書令典尚書奏事當中書之任則知中書本尚書之任祕書本中書之任初漢制尚書中書屬少府案漢官初秦代少府遣吏四人於殿中主發書故号尚書尚猶主也中書本尚書之官故揔隸屬少府而祕書本中書之官故魏初猶隸少府及王肅爲監以爲魏之祕書即漢之東觀之職安可復屬少府自此不復焉後漢書云時學者以東觀爲老氏藏室道家蓬萊山至晉武又以祕書并入中書省其監晉惠復別置祕書監一人後世因之其少監隋煬帝置也以上並出漢官及齊職儀唐因之龍朔二年改祕書省曰蘭臺其監改名太史咸亨元年復爲祕書監天授初改祕書省曰麟臺其監不改神龍初復舊初漢御史中丞在殿中掌蘭臺祕書圖籍唐以祕書省爲蘭臺即因斯義也漢西京未央宮中有麟閣亦藏祕書即揚雄校書之處也改祕書爲麟臺亦因其義也春秋韓宣子聘魯觀書於太史氏古者太史掌書改監爲太史亦因其義

事對

祕署 仙室魚豢魏略曰蘭臺臺也而祕書署耳華嶠後漢書曰學者稱東觀爲老氏藏室道家蓬萊山王融曲水詩序曰紀言事於仙室謂藏室也

芸臺 蓬觀魚豢典略曰芸臺香辟紙魚蠹故藏書臺稱芸臺蓬觀見仙室注中

延閣 祕府劉歆七略曰武帝廣献書之路百年之間書積如丘山故外有太常史博士之藏內則延閣廣內祕室之府漢書曰天下文籍悉在廣內祕府之室謂之祕書

東壁 東觀 蘭臺 麟

臺 石氏星經曰東壁之星主文籍東觀事見仙室注中漢書云御史中丞掌蘭臺祕書圖籍又魚豢魏略曰薛夏爲祕書丞時祕書掌公事移蘭臺蘭臺自以臺也祕書丞時爲署耳謂夏不得儀當有坐者夏報曰蘭臺爲外臺祕書爲內閣臺也閣也何不相移之有蘭臺无以折之三輔黃圖曰未央宮東有麒麟殿藏祕書即楊雄校書之處也以上載祕書 典圖書 掌祕奥 東觀漢書曰桓帝延熹二年初置祕書監掌典圖書古今文字考合異同溫嶠舉荀崧爲祕書監曰夫国史之典將以明失得之跡謂之實錄使一代之典煥然可觀散騎常侍崧文質彬彬思義通博歷位先朝莅事以穆宜掌祕奥宣明史籍 考同異 校古今 考同異事見典圖書注王隱晉書曰惠帝永平元年詔云祕書監綜理經籍考校古今課試署吏領有四百人宜專其事 典文章 綜經籍 華嶠集曰詔尚書曰亭侯嶠體素弘簡文學該通經覽古今博聞多識著書實錄有良史之志故轉爲祕書監其加散騎常侍班固中書寺爲內臺使中書散騎及著作理禮音律天文數術 撰南省文章門下撰集皆典領之綜經籍見校古今注也

皇覽 次竹書 魏志曰王象字義伯散騎常侍領祕書監撰皇覽傅暢晉諸公讚曰荀勗領祕書監太康二年汲郡冢中得竹書勗躬自撰次注寫以爲中經列於祕書經傳闕文多於證明 著陽秋 典文字 何法盛晉中興書曰孫盛字安国爲祕書監加給事中篤尚好學自少及長常手不釋卷既居史官乃著三国陽秋典文字見典圖書注 幽讚符命 宣明史籍 傅暢晉諸公讚曰庾峻自司空長史遷祕書監幽讚符命天文地理因有述焉宣明史籍事見掌祕奥注

詩 宋顏延年和謝監靈運詩 弱植慕端操窘步懼先迷寡立非擇方刻意藉窮棲伊昔適多幸秉筆侍兩闈雖慚丹雘施未謂玄素睽徒遭良時詖王道奄昏霾人神幽明絕朋好雲雨乖弔屈汀洲浦謁帝蒼山蹊倚巖聽緒風攀林結留荑跂予間衡嶠曷月瞻秦稽皇聖昭天德豐澤振沉泥惜无雀雉化何用充海淮去国還故里幽門樹蓬藜采茨葺昔宇剪棘開舊畦物謝時既晏年往志不偕親仁敷情暱興玩究辭悽芬馥歇蘭若清越奪琳珪盡言非報章聊用布所懷 梁沈約奉

和竟陵王抄書詩　教微因弛纓推峻屬貞期義乖良未遠斯文煥在茲超河綜絶礼冠楚綴
淪詩披縢辨蠧冊酌醴訪深疑澄流黜往往泛略引前滋漢壁含遺篆名山多逸詞録編方委閣素簡日盈輜空幸叅鴛鷺比
秀而瓊芝挹流既知廣復道還自嗤
梁庾肩吾和劉明府觀湘東王書詩　陳王擅書府河間富典墳五車方累篋七閣自連雲松槧鏤廉芳帙氣栢燻蔚運起厨文羽陵青簡出嬀泉緑字分方因接遊聖暫得奉朝聞荃樓霞早發林殿日先曛洛城復接限歸軒畏後羣
周庾信麟趾殿校書和劉儀同詩　止戈興礼樂修文盛典謨壁開金石篆河浮雲霧圖芸香上延閣碑石向鴻都誦書徵博士明經拜大夫壁池寒水落學市舊槐疎高談變白馬雄辯塞飛狐月落將軍樹風驚御史烏子雲方汗簡温舒正削蒲連雲雖有閣終欲想江湖

詔

唐太宗正授顔師古祕書監詔　祕府望華史官任重選衆而舉歷代攸難守祕書監顔師古緫業淹和器用詳敏學該流略詞兼典麗職司圖書亟經歲序朱紫既辨著述有成宜正名器允茲望實可祕書監

箴

後漢崔瑗東觀箴　洋洋東觀古之史官三墳五典靡義不貫左書君行右記其言辛尹顧訪文武明宣倚相見宝荊国以安何以季代咆哮不虔左強奮矯戮彼逢于衛巫蠱謗国莫敢言狐突見斥淖齒見殘焚文坑儒嬴反為漢巫蠱之毒殘者數萬吁嗟後王曷不斯鑒是以明哲先識擇木而處夏終殷摯周晉黍或笑或泣抱藉遁走三葉靖公果喪厥緒宗廟隨夷遂之荊楚麥秀之歌億載不腐史臣司藝敢告侍後

祕書丞第十

叙事

案祕書丞魏官也齊職儀云初漢献帝置祕書令有丞二人蓋中書之任魏文分祕書立中書以祕書左丞劉放為中書監祕書右丞孫資為中書令而祕書改令為監别掌

文籍自置丞一人多以祕書郎遷之其後何禎上許都賦帝異之拜祕書郎後月餘禎關事帝問外吾本用禎爲丞何故爲郎案主者罪遂改爲丞時祕書本有一丞尚未轉遂以禎爲右丞右丞置自禎始也至宋省一丞後代並因之唐龍朔二年改爲蘭臺丞咸亨初復舊

【事對】

鹿車 銅印 王肅表論祕書丞郎儀宜比尚書郎侍御史今侍御史乘犢車奏事用尺一祕書丞郎乘鹿車猶用尺奏恐非陛下崇儒之本意 齊職儀云祕書丞銅印墨綬

近日月 奏文賦 王肅論祕書表云青龍中議祕書丞郎與博士議郎同職近日月宜在三臺上魏略曰嚴苞以高才黃初中入爲祕書丞數奏文賦帝甚異之

謂薛君 用何禎 魚豢魏略曰薛夏天水人東詣京師文帝嘉其才黃初中引爲祕書丞帝與夏推論書傳未嘗不終日也每呼之不名而謂之薛君用何禎見敘事

雅有文才 徧觀今古 王隱晉書曰稽紹字延祖雅有文才山濤啓武帝可爲祕書郎帝曰紹旣如此便可爲丞又曰庾峻少好學有文才轉祕書丞徧觀今古聞見益廣

【表】

齊王融拜祕書丞謝表 臣聞升离戒晨陰牆不照其景膚雲停夕幽草或漏其津至如明兼就日澤深行雨不有聖德誰或其然所以欽至道而出青阜捨■衣而望朱闕懷祿■在代耕期榮不謀入用豈悟特擢之例事均延祖置佐之恩任光元輔踰溢情涯普燭身表晨翹車而必讓誠濡翼之願辞既聖主謂其可施故愚臣默思自免

祕書郎第十一

【敘事】 祕書郎魏官也初漢獻帝置祕書令有丞郎蓋是中書之任魏文分祕書爲

中書而秘書別掌文籍領秘書丞及秘書郎中即其任也至宋除中掌直曰秘書郎此職與著作郎自置以來多起家之選在中朝或以才授歷江左多仕貴游而梁世尤甚當時諺曰上車不落爲著作體中何如則秘書言其不用才也至北齊又加中字至隋又除中字出齊職儀及五代史百官志唐因之龍朔二年曰蘭臺郎咸亨初復舊天授初曰麟臺郎神龍初復舊

事對

耽美書　刪舊文蜀志曰郤正字令先安貧好學弱冠能屬文遷秘書郎性澹於榮利尤耽意美文章及當代美書王隱晉書曰鄭默字思元爲秘書郎刪省舊文除其浮穢著魏中經簿中書令虞松謂默曰而今而後朱紫別矣

賦三都　著中經王隱晉書曰左思專思三都賦絕人流之事自以所見不博求爲秘書郎著中經見刪舊文注

掌三閣　定四部晉令曰秘書郎掌中外三閣經書覆校殘闕正定脫誤晉太康起居注曰秘書丞桓石綏啓校定四部之書詔遣郎中四人各掌一部

別朱紫　澹榮利別朱紫事見刪舊文注澹榮利事見耽美書注

彈文

梁沈約奏彈秘書郎蕭遥昌文謹按兼秘書郎臣蕭遥昌盛戚茂年升華秘館淑慎之迹未彰違惰之容已及宜寘徽綱以肅朝風請以見事免遥昌所居官

著作郎第十二 著作佐郎附

叙事

著作郎魏官也沈約宋書百官志云初東漢圖籍在東觀名儒碩學多著作東觀然皆他官假著作之名而未立著作

之官至魏明太和中始置著作郎隸中書省魏晉之際中書兼國史之職史官在焉故魏代王沉爲中書著作郎晉初繆徵爲中書著作郎並是也至晉惠帝詔曰著作舊屬中書而祕書旣別典文籍今改中書著作郎爲祕書著作郎亦爲大著作後代因之唐初因之龍朔二年改爲司文郎中咸亨初復舊著作佐郎魏置掌貳著作佐郎修國史初俱隸中書謂之中書著作佐郎晉惠帝時與大著作郎同隸祕書後代因之出宋書百官志唐因之龍朔二年改爲司文郎咸亨初復舊張華年四十得河南尹丞不拜轉著作佐郎又張載字孟陽爲著作佐郎作濛汜池賦傅玄見之歎息以車迎載郭璞獻南郊賦中宗嘉其才以爲著作佐郎沈約宋書曰後漢已來太史但掌天文律曆而已其国記撰述悉在著作江左王導表著作爲史官是也晉中興書曰華譚爲祕書監時晉陵朱鳳吳郡吳震等以單族二人並有史才白首於衡門後譚知之薦二人擢補著作佐郎並皆稱職也

事對

待詔 刊石 晉元康元年詔曰著作郎舊隸中書大興二年依漢故事召陳郡王隱待詔著作單衣介幘朝朔望於著作班次依佐郎也又晉中興書曰孫綽爲散騎常侍領大著作轉廷尉著作如故于時才筆之士綽爲冠故温王郗庾諸公之薨必須綽銘而後刊石

才筆 史法 才筆事見刊石注王隱晉書曰何蒿善史法爲著作

司文籍 議限斷 司文籍見叙事王隱晉書曰陸士衡以文學爲祕書監虞濬所請爲著作郎議晉書限斷

應亨五葉 崔駰

三世應亨集讓著作表曰自司隸校尉奉至臣五葉著作不絕卿族以爲美談崔駰三世繼其後无聞若乃談遷接武彪固踵跡亦各一世之良也以上著作[redacted]郎 西觀 南郊 張隱文士傳曰束晳元康四年晚應司空府入月餘亦除著作佐郎著作西觀撰晉書草創三帝紀及十志晉中興書曰郭璞太興元年奏南郊賦中宗嘉其才以爲著作佐郎

難限斷 賦濛汜 晉紀曰束晳字廣微祕書監賈謐請爲著作郎難陸士衡晉書限斷張載字孟陽作濛汜賦太僕傅玄見賦歎息以車迎載言談終日深相貴重載遂知名起家徵爲著作佐郎

撰三國 創十志 張華別傳曰陳壽好學善著述師事同郡譙周少仕蜀在觀閣爲郎除中書著作郎撰三国志創十志事見西觀注中

傅玄歎賦 夏湛壞書 傅玄歎賦事見濛汜注中張華別傳曰陳壽好學善著述除著作佐郎當時夏侯湛等多欲作魏書見壽所作即壞已書以上著作佐郎

詩

北齊邢子才酬魏收冬夜直史館詩 年病從衡至動息自不安兼豆未能飽重裘詎解寒況乃冬之夜霜氣有餘酸風音響北牖月影度南端燈光明且滅華燭新復殘衰顏依候改壯志與時闌躰羸不盡帶髮落強扶冠夜景將欲近夕息故无寬忽有清風贈辭義婉如蘭先言歎三友未言慙一官麗藻高鄭衛專學美齊韓審諭雖有屬筆削少能干高足自无限積風良可搏空想青雲易寧見赤松難寄語山東道高駕且盤桓

表

梁沈約到著作省表 吕約言即日被召以本官兼今職臣藝不博古學謝專家之懷鉛之志慙夢賜之術聯事乖善握蘭慙良謬勒斷蛇之符頓刊氷河之業路遥難騁才弱未勝而神工曲造雕絢彌疊珥筆史觀記言文府趨奉載揚腆懵交顏

太常卿第十三

敘事

釋名云卿慶也言萬物皆慶賴之又卿章也言貴盛章著也案古者天子諸侯皆名執政大臣曰正卿自周以來始有三公

九卿之號大宰九卿多秦漢官也漢世雖號九
卿其官无卿字至梁始加卿字其後並因之秦漢
以來直云某爲太常至梁始云某爲太常卿梁又象四時置十二卿陳氏
因之梁以太常司農宗正爲春卿太僕太府爲夏卿衛尉廷尉大匠爲秋卿光祿鴻臚太■爲冬卿後魏
依南齊以前置九卿又各加少卿焉北齊隋因
之自梁以下出五代史百官志唐龍朔二年加正卿以別少卿咸
亨初復舊除正字歷代九卿廢置不同自漢以來皆數少府北齊隋則不數後漢省衛尉東
晉及宋齊省太僕齊宋以前无太府以上摠載九卿宋太常漢官也宋百官春
秋云昔唐虞伯夷作秩宗典三禮周則春官宗

伯掌禮樂並其任也初秦置奉常漢祖更名太
常惠帝又曰奉常景帝又曰太常如淳曰常典也常典三禮故曰太常
或曰太常王者之旌禮官主奉持之故曰奉常後改曰太常尊大之義故改名之王莽改曰秩宗
東漢又曰太常五代史百官志云至梁加卿字
曰太常卿其後因之唐初因之龍朔二年改爲
奉常咸亨初復舊光宅初曰司禮卿神龍初復
舊【事對】法河　括海春秋漢含孳曰三公象五嶽九卿法河海謝承後漢書曰李淑諫更
始曰夫三公上應治宿九卿下括河海龜鈕　犀印漢官儀曰卿秩中二千石孝武皇帝元狩二年
令通官印方寸大小官印五分王公侯金二千石銀皆龜鈕司馬彪漢書曰二千石以下至四百石佩雙印皆以黑犀藻

衣 花綬 漢官儀曰衣裳公侯華虫卿大夫凜六又曰卿秩中二千石綬青地桃花三彩 緹扇 朱幡 續漢書曰卿以下有騑者緹扇汗青翅尾又曰秩中二千石皆皂盖朱幡 參三槐 位九棘 帝王世紀曰九卿者所以參三公也又周礼曰面三槐三公位焉又曰朝士掌外朝之法左九棘孤卿大夫位焉鄭玄注曰樹棘以爲位者取其赤心而外刺象赤心三刺 奉常 宗伯 漢書曰秦曰奉常掌宗廟禮儀景帝中平六年更名太常周礼曰春官宗伯掌天神地祇 掌宗廟 作禮樂 掌宗廟事見奉常注續漢書張奮拜太常言禮樂當攺作上善之 典三禮 首九卿 漢書曰太常古官云伯夷秩宗典三禮欲令国家盛大社稷常存故稱太常漢官解詁曰太常社稷郊時事重職尊故号九卿之首 造廬特賜 賫宅自給 晋中興書曰賀循字彦先拜太常中宗踐祚下令曰循氷清玉潔行爲俗表加位處上卿居身服物盖身而已屋纔庇風雨孤常造其廬特以爲賜慨然以六尺床席褥并錢二十萬以表至德魏志曰和洽字陽士爲太常淸貧賣田宅以自給也 桓榮設几 孫通賜金 華嶠後漢書曰桓榮字春卿以少傅遷太常明帝即位尊以師礼甚見親重拜之乗輿每常幸太常府令榮東面坐設几杖會百官史記曰高祖滅秦巳登尊号羣臣飲爭功酔或妄呼扳劒擊柱高祖患之於是叔孫通進說遂設綿蕝野外習之月餘通曰可試觀上使行禮畢復置法酒无敢讙譁失禮者高祖曰吾乃今日知爲皇帝之貴也拜通太常賜金五百斤 馬安四至 段容再登 漢書曰司馬安巧官四至九卿又曰濮陽段容始事盖侯信信任客官亦再至九卿 還第攝事 王齋怒妻 晋起居注曰安帝二年太常臨川王宝啓府舎窄狹不足移家毋鍾年高違離靡寧乞還第攝事詔聽之應劭漢官曰北海周澤爲太常恒齋其妻怜其年老疲病窺内問之澤大怒以爲干齋掾吏扣頭爭之不聽遂收送詔獄并自劾論者非其激發諺曰居代不諧爲太常妻一歳三百六十日三百五百九日齋一日不齋酔如泥既作事復低迷

表

梁陸倕爲王光禄轉太常讓表 昔者

楚德方盛叔敖濯衣漢道克昌王陽結綬故拜命无辭受爵不讓況宗卿清重歷選所難漢晋已降莫非素範辭爵則桓郁張奮讓封則丁鴻劉愷潘泥之文雅純深華表之從容退嘿自此迄茲風流繼軌以臣況之曾无等級

陳沈炯爲周弘讓太常表 臣聞玉鳥彫楹不取材於蟠木丹珠纚黼豈襲免於薛蘿何則適用各有其宜朝野不可一指叔孫之野外定禮倍資典實刁協之躬爲唱引豈易其儀儻九賓闕相封禪失儀責以司存云誰之咎況南史軌簡轉昇違才君舉必書尤難妄冒

箴

後漢崔駰因箴 翼翼太常實爲宗伯穆穆靈祇寢廟奕奕稱秩元祀班于羣神我祀既祇我粢孔蠲匪愆匪忒公尸攸宜弗祈弗求惟德之報不矯不誣庶无罪悔无曰我材輕身恃筮東鄰之犧牛不如西鄰之表魚奏殖望夷隱甇鍾巫常臣司宗敢告執事

司農卿第十四

敘事

司農卿漢官也漢官云初秦置理粟内史掌穀貨漢因之景帝更名大農令武帝更名大司農按堯命羲和四子敬授人時舜二十二官弃爲后稷播時百穀蓋其任也周官冢宰之屬有太府下大夫鄭玄注曰太府主治藏之長若今時司農也並司農之任王莽改大司農曰羲和後又改爲納言東漢復爲大司農五代史百官志云梁加卿字曰司農卿省大字後魏又加大字北齊又除大字隋氏因之唐初因之龍朔二年改曰司稼卿咸亨元年復舊

事對

六府 萬石 崔瑗鮑德誄曰乃司大事掌是六府三事尤功迺修迺聚漢武帝栢梁詩大司農曰陳粟萬石揚以籔之

天倉 國泉 韓揚天文要集曰天倉者大司農也史游急就篇曰司農少府国之泉也

司金 掌帛 楊雄大司農箴曰維時大農爭司金穀繢漢書曰大司農卿一人中二千石掌諸錢穀金

帝周曰太府 莽改羲和 周曰太府見叙事注漢書曰平帝元始元年改大司農曰羲和以劉歆爲之 高詡方正 牟融明達 東觀漢記高詡字季回以儒學徵拜大司農在朝以清白方正稱又曰牟融字子優爲大司農性明達稱爲名卿 安車徵鄭 天子器耿 續漢書曰鄭玄公車徵爲大司農給安車一乘所過長吏送迎又曰耿國字叔慮爲大司農曉邊事能論議數上便宜事天子器之 延年盜錢 趙典交德 漢書曰田延年爲大司農坐盜都內錢三千萬自殺續漢書曰趙典字仲經爲大司農閉門却掃非德不交

箴 漢揚雄大司農箴 時維大農爰司金穀自京徂荒粒人是斛肇自厥初實施惟食厥僚后稷有无遷易實均實贏惟都作程旁施衣食厥人攸生上稽二帝下閱三王什一之征爲人作常遠近貢篚百則不忘帝王之盛實在農植季周爛熳而東作不剌膏腴不獲庶物並荒府庫殫虛靡積倉箱陵遲衰微周卒以亡秦收太半二世不瘳泣血之求海內无聊農臣司均敢告執繇 晉張華大司農箴 家有廬井王有廩籍阜茂豐物和鈞關石在周之季不虔政首弃稷弗務不籍千畝匱神乏祀敗于戎醜穡臣司農敢告左右

太府卿第十五

叙事 太府卿周官也 周禮天官屬有太府下大夫掌貢賦受其貨賄之入 掌府藏貨賄秦漢以下不置其官職務所司分在司農少府矣至梁始置太府卿陳及後魏北齊隋皆因梁置之 並見五代史志及後魏官氏志 唐龍朔二年改爲外府卿咸亨初復舊光宅初改爲司府卿神龍初復舊 自梁以前无大府故其事對及文章並闕今既列在九卿之數特存於叙事應須作文章亦可參採司農之事用也

光禄卿第十六

敘事 光禄卿漢官也齊職儀云初秦置郎中令掌宫殿門戶及主諸郎之在殿中侍衛故曰郎中令漢官云郎中令屬官有五官中郎將右中郎將曰三署署中各有中郎議郎侍郎郎中皆無貟外多至千人主執戟衛宫陛及諸虎賁郎羽林皆屬焉謂之郎中令者言領諸郎而爲之令長漢因之至武帝更名光禄勳應劭曰光明也禄爵也勳功也言光禄典郎謁者虎賁羽林舉不失德賞不失勞故曰光禄勳應劭鄭玄並云勳猶閽也今光禄勳則古閽之職後漢獻帝又爲郎中令魏文又爲光禄勳後世因之五代史百官志云至梁加卿字曰光禄卿除勳字後代因之北齊兼掌肴膳隋則全掌肴膳不復掌宫殿門唐初因之龍朔二年改曰司宰卿咸亨初復舊光宅初改爲司膳卿神龍初復舊

事對 首九列 揔三署庚氷集用樂謨詔草曰光禄九列首且職典吏署續漢書曰杜林字伯山爲光禄勳内奉宿衛外揔三署周密敬慎選舉稱平

兆宫室 掌掖門兆宫室見下楊雄箴漢書奏曰郎中令掌宫掖門戶有丞武帝太初元年更名光禄勳

歎至德 薦名士孟宗別傳曰宗爲光禄勳大會宗先少酒偶有強者飲一杯便吐傅詔司察宗吐麥飯察者以聞上乃歎息曰至德清純如此續漢書曰杜林字伯山選舉稱平數薦名士

入卧內 揔從官漢書曰周仁景帝時爲郎中令爲人陰重不洩以是得幸出入卧内放宫祕戲仁常在傍終无所言栢梁詩光禄勳曰揔領從官栢梁臺

辯弃甲 問投蜺魏志曰王肅字子雍爲光禄勳時有一魚長尺集武庫之屋有司以爲吉祥肅辨之曰魚生於泉而見於屋介鱗之物失其所

也邊將其殆有弃甲之變乎其後果有東關之敗謝承後漢書曰楊賜字伯欽拜光祿勳位特進又嘉德殿前有青赤氣詔特進遣中使問賜祥異禍福吉凶所在以賜博學碩儒故密詔問宜極陳其意嘗上疏陳請案春秋讖天投蜺海內亂今妾嬖閹尹共專國朝之所致也

宣王拜林　景帝問袁　魏志曰常林徙光祿勳太常晉宣王以林鄉邑耆老每爲之拜或謂林曰司馬公貴重君宜且止之林曰司馬公自欲敦長幼之序以爲後生之法貴非吾之所制也言者慙而踧踖又曰鄭袤爲光祿勳毋丘儉作乱景帝自征之百官祖送時袤疾不在會上謂王肅唯不見鄭光祿爲恨袤聞自輿追上上笑曰固知生必來也遂與同載問以計謀帝甚重之

安世捷奴　曜鄉賜穀　漢書曰張安世字孺子爲光祿動郎有醉小便殿上主事曰行法安世曰何以知其不覆漿水耶郎有淫官婢婢兄自言安世曰奴以恚怒誣汚衣冠告署捷奴其隱人過皆此類也魏志曰袁渙字曜卿爲郎中令時言劉偹死君臣皆賀渙以常爲偹吏獨不賀卒官太祖爲之流涕賜穀二千石太倉穀千斛園不穀千斛與曜卿家上无官法下言親故

箴　漢楊雄光祿勳箴　經兆宮室畫爲中外廓殿門閫限以禁衛国有固衛人有藩籬各有攸保守以不歧昔在夏殷桀紂淫湎持牛之飲門戶荒弥郎雖執戟謁者參差殿中成市或室內鼓聲志其廊庙而聚失逋逃四方多罪載号載呶内不可不省外不可不清德人立朝義士充庭祿巨司光敢告執經

鴻臚卿第十七

敘事　鴻臚卿漢官也　漢官云昔唐虞賓于四門此則禮賓之制也與鴻臚之任亦同也　周禮大行人掌賓客及諸侯朝覲之事即其任也漢官云秦置典客掌諸侯及歸義蠻夷漢因之景帝更名大行令武帝改曰大鴻臚　胡廣曰鴻声也臚傳也所以傳声賛導九賓劉熙曰鴻大也腹前曰臚此言以京師爲心腹以王侯蕃国爲四躰韋昭曰鴻大也臚其陳序也欲以大禮陳序於賓客　初秦又有典屬國亦掌蠻

夷降者漢亦因之成帝并入大鴻臚王莽改為
臚有典樂東漢又曰鴻臚其後並因之五代史
百官志云至梁加卿字曰鴻臚卿除大字後魏
又加大字北齊又除之隋氏因之唐初因之龍
朔二年改為同文卿咸亨初復舊光宅初改曰
司賓卿神龍初復舊

【事對】

掌蠻　王故　漢書曰典客秦官秩中二千石掌諸侯及四方歸義蠻夷皇子拜授印綬山濤啓事曰鴻臚主故事前後為之者率多不善了今缺當選御史中丞刁攸不審可爾不

主祠　序客　東觀漢記曰大鴻臚漢舊官建武元年復置屬官大丞一人大行丞有理禮員四十七人主齋祠擯贊九賓之禮韋昭釋名曰鴻臚者本故典客事掌賓禮武帝時更為鴻臚鴻大也臚陳也欲大以禮陳序於賓客也

遷公　暫長　東觀漢記曰鴻臚三十六人其陳寵左雄朱寵龐參施延並遷公謝承後漢書曰陳紀字元方遭父太丘長寔憂廬[illegible]絶氣豫州嘉其至行表上尚書圖畫百城以勵風俗袁紹以太尉讓紀紀不受拜大鴻臚卒官子羣為三公天下以為以恐卿卿暫長

掌四方夷　贊九賓　掌四方夷見上掌蠻注贊九賓禮見上主祠注

秦曰典客　漢置鴻臚　並見敘事

刁攸能人　韓宣稱職　山濤啓事曰鴻臚多不善了今缺當選御史中丞刁攸舊能人魏略曰韓宣字景然為大鴻臚始南陽曲阜韓暨以宿德在宣前為大鴻臚及宣在官亦稱職故鴻臚中為之語曰大鴻臚小鴻臚前後治行相曷如

【箴】

漢楊雄大鴻臚箴　蕩蕩唐虞經通垓極陶陶百王天工人力畫為上下羅條百職人有才能寮有級差遷能於官各有攸宜主以不廢官以不曠昔在三代二季不蠲穢德慢道署非其人人失其材職反其官寀寮荒耄国政如漫文不可武武不可文大小上下不可奪倫鴻臣司爵敢告在鄰

宗正卿第十八

敘事 宗正卿周官也宋百官春秋云周受命封建宗盟周封兄弟之國十有五同姓之國三十有五始選其宗中之長而董正之謂之宗正成王時彤伯入爲宗正掌王親屬是也秦漢因之平帝更名宗伯王莽改為秩宗東漢復爲宗正晉曰大宗正後魏皆同姓爲之晉以後雜用庶姓爲之五代史百官志云至梁加卿字除大字曰宗正卿北齊又加大字隋又除之唐初因之龍朔二年改爲司宗卿咸亨初復舊光宅初改爲司屬卿神龍初復舊

事對 司宗 掌親 司宗見下楊雄箴掌親見叙事

仁孝 忠直 東觀漢記曰劉平字公子以仁孝著聞永平三年爲宗正漢書曰劉向字子政元帝時蕭望之周堪薦向宗室忠直明經有行爲宗正

掌親屬 錄嫡庶 漢書曰宗正秦官掌親屬有丞平帝元始四年更名宗伯司馬彪續漢書曰宗正卿一人秩二千石掌序錄王国嫡庶人次及諸宗室親屬遠近郡国歲計上宗室名若有犯法當髡以上上諸宗正卿

畏盛滿 竭忠節 漢書曰劉德字路叔修黃老術有智略少時數言時事召見甘泉宮武帝謂之千里駒昭帝初爲宗正丞後爲宗正卿妻死大將軍欲以女妻之德不敢娶畏盛滿也東觀記曰劉般字伯興代名忠孝在朝竭忠盡節建初元年拜爲宗正

箴 漢楊雄宗正卿箴 巍巍帝堯欽親九族經哲宗伯礼有攸訓屬有攸籍各有胄子代以不錯昔在夏時少康不恭有仍二女五子家降晉獻悖統宋宣亂序齊桓不亂而忘其宗緒周譏戎女魯喜子同高作秦崇而扶蘇被凶宗廟荒虛寬靈靡附伯臣司宗敢告執主

衛尉卿第十九

叙事 齊職儀云衛尉秦官也掌宮
門衛屯兵蓋周禮宗伯官正之職尉者罻也古者兵獄之官皆名尉言以羅罻令主姦非漢因之
景帝更名中大夫令尋復舊爲衛尉自王莽及
後漢初並省之至獻帝復置魏晉宋齊因之五
代史百官志云至梁加卿字曰衛尉卿後代並
因之唐武德初省之貞觀中復置龍朔二年改
爲司衛卿咸亨初復舊光宅初又改爲司衛卿
神龍初復舊

事對 千列 八屯班固西都賦曰周廬千列徼道綺錯張衛西京賦曰衛尉八屯警夜巡晝徼道外周千廬內附 周廬 夾道漢官解詁曰衛尉掌宮闕周廬

殿屯陳夾道當兵交戟胡廣注曰宮闕之內周廬殿各陳屯交兵士以示威武交戟以遮妄出入者 周衛 巡
警漢武帝栢梁詩衛尉曰周衛交戟禁不時張衛西京賦曰衛尉八屯警夜巡晝 交戟 屯兵
交戟見上周廬注漢書曰衛尉秦官掌宮門屯兵有丞景帝初更名中大夫令後元年復爲衛尉 案籍 受
傳 見符識引胡廣注解詁云凡屋宮中者皆施籍於掖門按其姓名當入者本官長吏爲之封啓
傳審其印信然後受之有籍者皆復有符用木長二寸以所屬言兩字為鐵印分符當出入者案籍畢復識齒符識其物色乃
引內之 祿賜親戚 身無愛惜吳志曰嚴畯常爲孫權立吳及稱尊号畯常爲衛尉
祿賜皆散之親戚知故家常不充續漢書曰陰興爲衛尉每將遠征身行勞問无所愛惜

箴 漢楊雄衛
尉箴茫茫上天崇高其居設置山險晝爲防禦重垠累垓以難不律關為城衛以待暴卒国以有固人以有內各保
其守永攸不敗維昔庶僚官得其人荷戈而歌中外以堅齊桓怵惕宿衛不敕門非其人戶廢其職曹子摽劍遂成其詐輒挾

七首而衛人不寤二世妄宿敗於望夷閣樂矯詔戟者不推尉臣司衛敢告執維

太僕卿第二十

敘事 齊職儀云太僕周官也尚書稱穆王命伯冏爲太僕正是也蓋謂衆僕之長曰太僕秦因之掌輿馬歷漢後魏及晉西朝咸置之至東晉元帝省之後復置至成帝又省之併入宗正蓋有事郊祀則權置畢則省宋齊因之五代史百官志云梁又置之加卿字曰太僕卿後皆因之唐初因之龍朔二年改爲司馭卿咸亨初復舊光宅初改爲司僕卿神龍初復舊

事對 前驅 馭駕 周礼曰太僕王出入則自左馭而前驅鄭玄注云前驅如今導引也續漢書曰太僕周官秩中二千石掌車馬天子出入大駕則奉小駕則馭 拭輿 數馬 漢武帝栢梁詩太僕曰牧拭輿馬待警來漢雜事曰石慶爲太僕御出上問車中幾馬慶以策數馬舉手曰六馬慶以兄弟中最爲簡易而猶如此 奉車 待警 漢書曰夏侯嬰爲沛公太僕常奉車嬰自上初起常爲太僕竟高祖以太僕事惠帝高后文帝凡四主待警見上拭輿注 子尼儉 次孫清 魏志曰国泉字子丘爲大僕居列卿位布衣蔬食祿賜散舊故宗族以恭儉自守續漢書曰祭彤字次孫爲太僕朝廷聞彤素清有道而衣无副 建路鼓 箴乘輿 周禮曰太僕掌王之服位出入王之大命建路鼓于大寢之門外而掌其政王出入則自右馭而前驅魏志曰潘尼字[redacted]叔侍中爲太僕造乘輿箴

詩 晉孫楚太僕座上詩曰 朝欽厥庸出尹京畿迴授太僕四牡騑騑騄耳盈箱翠華葳蕤勳齊庭實增國之暉

箴 漢揚雄太僕

箴 肅肅太僕車馬是供鏘鏘和鑾駕彼時龍昔在上帝巡狩四宅王用三駈前禽是射糾作不令武王征殷檀車孔夏四驃孔昕僕夫執鞭載騂載騆我輿云安我馬云閑騅馳騅駈匪逸匪愆昔有淫羿馳騁忘歸景公千駟而謠於齊詩好壯馬牧於坰野輦車就牧而詩人興魯厩焚問人仲尼厚醜孟子盖惡夫厩多肥馬而野有餓殍僕臣司駕敢告執皂

大理卿第二十二

叙事 齊職儀云大理古官也唐虞以皐陶作士士理官也春秋元命包曰堯爲天子夢馬喙子得皐陶聘爲大理初秦置廷尉應劭曰古官兵獄官多以尉稱尉者罰也言以兵獄羅罰姦非也古之聽訟必質於朝廷與衆共之故曰廷尉漢因之景帝改曰大理武帝又曰廷尉哀帝又曰大理王莽改曰作士東漢又曰廷尉晉宋齊並爲廷尉五代史百官志云梁加卿字曰廷尉卿後並因之唐龍朔二年改曰詳刑卿咸亨初復舊光宅初改曰司刑卿神龍初復舊

事對 皐呂 于張 潘岳楊荊州誄曰惟此大理国之憲章君蒞其任視民如傷庶獄明慎刑辟端詳聽參皐呂稱侔于張皐皐陶也虞書曰帝曰皐陶汝作士明于五刑呂呂侯爲周王司寇周書曰穆王訓夏贖刑作呂刑于于定国張張釋之事見下无寃注中

流涕 垂念 謝承後漢書曰傅賢字仲舒遷廷尉賢清廉正貞自掌法官无私間常垂念刑法務從輕比每冬至斷獄遲廻流涕又曰盛吉字君達拜廷尉自掌憲平法常懇惻垂念之

有恩 無寃 虞預會稽典錄曰盛吉字君達爲廷尉性多哀怜其妻謂言曰君爲天下執法不可使一人濫罪殃及子孫其因无後嗣者令其妻妾得入使有遺類視事十二年天下稱有恩漢書曰于定国爲廷尉爲人畢恭尤重經術其決獄平法務在哀矜罪疑從輕加審慎之心朝廷稱之曰張釋之爲廷尉天下无寃人于定国爲廷尉人自以不寃

耳剽　面決　漢書曰朱博遷廷尉恐爲官屬所誣召見正監典法掾吏謂曰廷尉本起於武吏不明法律幸有衆賢亦何憂然廷尉化部斷獄以來二十年亦獨耳剽日久三尺律令人事出其中試與正監共撰前代決事吏議難知者數十年事持問廷尉將爲諸君覆之正監以爲博苟強意未必能然即共條白焉博皆召掾吏爲平處其輕重十中八九官屬咸服顔師古注剽刼也疋妙反鍾離岫會稽後賢記曰孔坦遷廷尉卿獄多囚繫坦到官躬執辭狀口辨曲直小大以情不加楚撻每臺司録獄无所頤問皆面決當時之事

繫襪　署門　漢書曰王先生者善黄老言處士也張釋之召居廷中王生年老與釋之及公卿會廷中立王生襪解顧謂釋之爲我繫襪釋之前跪而繫之既退或讓王生曰何辱張廷尉乎王生曰廷尉方爲天下名臣吾聊使繫襪欲重之諸公聞之賢王生而重廷尉又曰下邳翟公爲廷尉賓客塡門及免官門外可設雀羅復爲廷尉署其門曰一死一生乃知交情一貴一賤交情乃見

議絶妻　決分子　漢書曰孔光爲廷尉時定陵淳于長坐大逆誅長少妻乃始等六人皆以長事未發覺時弃去或更嫁及長事

發丞相翟方進等議乃始等於法無以解論光以爲夫婦之道有義則合絶義則離乃始或嫁義已絶而欲以爲妻論殺之名不正不當坐有詔以光議定謝承後漢書曰范延壽宣帝時爲廷尉時燕趙之間有三男共娶一妻生四子長各求離別爭財分子至聞于縣縣不能決斷讞之于廷尉於是延壽決之以爲悖逆人倫比之禽獸生子屬其母以子並付母尸三男于市奏免郡太守令長等無帥化之道天子遂可其言

吳家三世　郭氏七人　雍嶠後漢書曰河南吳雄字季高以明法律桓帝時自廷尉致位司徒雄少時家貧母死葬人所不封之地喪事趨辦不卜時日巫皆言其族滅而雄子訢孫恭三世爲廷尉以法爲名家又曰郭躬字仲孫爲廷尉正遷廷尉家代掌法[redacted]鎭自廷尉左監遷廷尉凡郭氏爲廷尉者七人

箴　漢楊雄廷尉箴　天降五刑惟夏之績亂茲平人不回不僻昔在蚩尤爰作淫刑延于苗民夏氏不寧穆王耄荒甫侯伊謀厥後陵遲上帝不孤周輕其制秦繁其辜五刑紛紛靡遏靡止寇賊滿山刑者半市昔在唐虞象刑天民是全紂作炮烙墜人于淵故有國者無云何謂是刖是劓無云何害是剠是割惟虐惟殺人其

莫泰殷以刑顛秦以酷敗獄臣司理敢告執謁

後漢崔德正大理箴

邈矣皐陶翊唐作士設爲犴狴九州允理如石之平如淵之清三槐九棘以賢以德罪人斯殛凶族斯迸䏈乂帝載旁施作明昔在仲尼哀矜聖人子罕礼刑衛人釋艱釋之其忠勳亮孝文于公哀寡定国廣門㒸哉邈矣舊訓不遵主慢臣驕虐用其民賞以崇欲刑以歸忿紂作炮烙周人滅殷商用淫刑湯誓其軍衛鞅酷烈卒殞于秦不疑知害禍不及身嗟茲大理慎于爾官賞不可不思斷不可不虔或有忠能被害或有孝而見殘吳沉伍胥殷剖比干莫遂爾情是截是刑無遂爾志以速以亟天鑒在顏無細不録福善禍惡其効甚速理臣司律敢告執獄

初學記卷第十二

初學記卷第十三

禮部上

揔載禮第一

【敘事】周禮大宗伯之職曰以吉禮事邦國之鬼神祇（事謂祀之祭之享之）以凶禮哀邦國之憂（哀謂救患分災）以賓禮親邦國（親謂使之親附）以軍禮同邦國（同謂威其不協及偕茗者）以嘉禮親萬民（嘉善也所以因人心所善而為制）吉禮之別有十二一曰禋祀二曰實柴三曰槱（酉）燎四曰血祭五曰埋沈六曰（愊普逼畐反）辜七曰肆（他曆反）獻八曰饋九曰祠十曰禴十一曰嘗十二曰烝凶禮之別有五一曰喪禮哀死亡二曰荒禮哀凶札（荒人物有害）三曰弔禮哀禍災（禍謂遭水火）四曰襘（會）禮哀圍敗（同盟者合會財貨以更其所喪）五曰恤禮哀寇亂（恤憂也隣國相憂）賓禮之別有八一曰朝二曰宗三曰覲四曰遇五曰會六曰同七曰問八曰視（時聘曰問殷覜曰視）軍禮之別有五一曰大師之禮用衆也二

曰大均之禮恤衆也均其地征所以[redacted]民三曰大田之禮簡
衆也古者因田習兵閱其車徒之數四曰大役之禮任衆也築宮室所
以[redacted]人力强弱五曰大封之禮合衆也正封疆溝塗所以合聚其民嘉禮
之別有六一曰飲食二曰昬冠三曰賓射四曰
饗燕五曰脤膰六曰慶賀管子曰禮者因人情
緣義理爲之節文者也曲禮曰夫禮者所以定
親踈決嫌疑別同異明是非道德仁義非禮不
成教訓政俗非禮不備分爭辨訟非禮不決君
臣上下父子兄弟非禮不定官學事師非禮不

親班朝治軍涖官行法非禮威嚴不行禱祠祭
祀供給鬼神非禮不誠不莊禮記又曰故禮之
於人也猶酒之有糵也如竹箭之有筠也如松
栢之有心也漢書叔孫通爲高祖制禮儀十二
篇後漢書章和元年詔曹褒於南宮東觀考正
舊禮上自天子下至庶人昬冠吉凶終始制度
爲一百五十篇

事對

明體 辨位 春秋説題曰礼者所以設容明天地之躰也家語曰孔子言於魯哀公曰人之所以生礼爲大非礼无以事天地之神辨君臣長幼之位

承天 法地 礼記曰夫礼先王以承天之道以理人之情故失之者死得之者生白虎通曰所以作礼樂樂以象天礼以法

地

設容 辨等上見明體注中周禮曰以人辨等則人不越 觀殷 適魯

禮記曰言偃復問曰夫子之極言禮也可得而聞與孔子曰我欲觀夏道是故之杞而不足徵也吾得夏時焉我欲觀殷道是

故之宋而不足徵也吾得乾坤焉左傳曰韓宣子適魯曰禮盡在魯矣 諧民 安上周禮曰三

曰禮典以和邦國以統百官以諧萬民孝經曰以安上治民莫善於禮 敎敬 脩睦周禮十二

敎一曰祀禮敎敬二曰陽禮敎讓三曰陰禮敎親禮記曰昔者仲尼與於蜡賓事畢出遊於觀之上喟然而歎曰大道之行也

天下爲公選賢與能講信脩睦故人不獨親其親不獨子其子 制中 脩外禮記曰子貢越席而對曰

敢問將何以爲此中者子曰禮乎夫禮所以制中也漢書曰六經之道同歸而禮樂之用爲急故樂以治內而爲同禮以脩外

而爲異同則和親異則畏敬和親則無怨畏敬則不爭 順時 從俗漢書曰王者必因前王之禮而

順時施宜有所損益節人之心稍稍制作愼子曰禮從俗政從上使從君國有貴賤之禮無賢不肖之禮 周旋

規矩 左傳曰邾隱公來朝子貢觀焉邾子執玉高其容仰公受玉卑其容俯子貢曰以禮觀之二君皆有死亡焉夫

禮生死存亡之體也將左右周旋進退俯仰於是乎取之今正月相朝而皆不度高仰驕也卑俯替也驕近亂替近疾君爲主

其先亡乎禮記曰禮之於正國也猶衡之於輕重也繩墨之於曲直也規矩之於方圓也故衡誠懸不可欺以輕重繩墨誠陳

不可欺以曲直規矩誠設不可欺以方圓君子審禮不可誣以姦詐 事師 敬長上見敘事中袁准正

書曰禮者何也緣人情而爲之節文者也嚴父愛親之情也尊親敬長之義也 天經 地義左傳

曰子太叔見趙簡子簡子問揖讓周旋之禮對曰是儀也非禮也簡子曰敢問何謂禮對曰吉也聞諸先大夫子產曰夫禮天之

經也地之義也民之行也 體信 成仁禮記曰先王脩禮以達義體信以達順又曰道德仁義非禮不

成 應變 從宜莊子曰三王五帝之禮義法度其猶樝棃橘柚耶味相反而皆可於口故禮義法度

者應時而變也禮記曰禮從宜使從俗鄭玄注云事不可常也晉士匄帥師侵齊聞齊侯卒乃還春秋善之 考信

成道禮記曰禹湯文武成王周公由此其選也此六君子者未有不謹於禮者也以考其信示人有常鄭玄注云考成也成道已見上成仁注中　同天氣　合人心禮警命徵曰禮之動揺與天地同氣四時合信禮記曰禮者合於天時設於地財順於鬼神合於人心理萬物者也　統百官　理萬物上見諧民注下見合人心注　象五行　變四時大戴禮曰禮之象五行也其義四時也故以四舉有恩有義有節有權禮記曰是故夫禮必本於大一分而爲天地轉而爲陰陽變而爲四時列而爲鬼神　兄弟親　君臣義禮記曰非禮無以辨男女父子兄弟之親婚姻疏數之文又曰朝覲之禮所以明君臣之義也聘問之禮所以使諸侯相尊敬也　定君臣　篤父子禮記曰君臣上下父子兄弟非禮不定又曰禮義爲紀以正君臣以篤父子以睦兄弟以和夫婦以設制度以立田里　別男女　決嫌疑家語曰孔子言於魯哀公曰人之所以生禮爲大非禮無以事天地之神辨君臣長幼之位別男女父子之交決嫌疑巳見敘事中　明是非　別同異並見敘事　含陰陽　同天地漢書云六經之旨同歸而禮樂之用爲急治身者斯須忘禮則暴慢入之矣爲國者一朝失禮則荒亂及之矣人含天地陰陽之氣有喜怒哀樂之情稟其性而不能節矣禮稽命徵曰禮之動揺也與天地同氣四時合信陰陽爲符日月爲明　達人情　從天道禮記曰故禮義也者人之大端也所以講信脩睦而固人之肌膚之會筋骸之束也所以養生送死事鬼神之大端也所以達天道順人情之大竇也左傳齊侯伐曹入其郛討其來朝也季文子曰齊侯其不死乎已則無禮而討於有禮者曰汝何故行禮禮以順天天之道也

賦

楚荀況禮賦爰有大物非絲非帛文理成章非日非月爲天下光生者以壽死者以葬城郭以固三軍以強粹而王駁而霸無一焉而亡臣愚不識敢請之王王曰此天文而不采者與簡然易知而致有理者與君子所敬小人所不亂者與性不得則若禽獸性得之則具足與匹夫崇之則爲聖人諸侯崇之則一四海者與致明而約甚順而體請歸之禮

詔

李德林爲隋

文帝脩定五禮詔 禮之爲用時義大矣哉黃琮蒼璧降天地之神粢盛犧牲致宗廟之敬正父子君臣之序明婚姻喪紀之節故道德仁義非禮不成安上化民莫善於禮 貞觀年中頒禮樂詔 先王制禮辨方正位體國經野象天地以制法通神明以施化樂由內作禮自外成可以移風易俗揖讓而天下化者其惟禮樂乎固以同節同和無聲無體寧飾玉帛之容豈崇鐘鼓之奏

祭祀第二

敘事

尚書大傳曰祭之言察也察者至也言人事至於神也爾雅曰春祭曰祠 祠之言食 夏祭曰礿 以酌反新菜可礿 秋祭曰嘗 嘗新穀 冬祭曰烝 烝進也進品物 祭天曰燎柴 既祭積薪焚之也 祭地曰瘞埋 既祭埋藏之 祭山曰庪 軌 懸 或庪或懸置之於山 祭川曰浮沉 或浮或沉置之於水 祭星曰布 布散於地 祭風曰磔 張伯反今俗當大道磔狗此其遺像 是類是禡師祭也 師出征伐類於上帝禡於出征之地 既伯既禱馬祭也 伯馬祖也將用馬力必先祭其祖 說文曰除惡之祭爲祓會福之祭曰禬 會 告事求福曰禱道上之祭爲禓 陽 潔意以享爲禋以類祭神爲禷 類 祭司命爲𥙊 卑利反 祭豕先爲⿰礻曹 曹 月祭爲祽 子內反以上並出說文 禱雨爲雩 左傳龍見而雩雩旱祭也 禱晴爲禜 詠左傳雪霜風[redacted]之災則禜之 周禮曰以禋祀祀昊天上帝以實柴祀日月星辰以槱燎祀司中命風師雨師以血祭祭社稷五祀五嶽以沉埋祭山林

川澤以疈(普逼反)辜祭四方百物以肆(他的反)獻祼(古亂反)享先王禮記孟春之月其祀戶祭先脾孟夏之月其祀竈祭先肺中央土其祀中霤祭先心孟秋之月其祀門祭先肝孟冬之月其祀行祭先腎天子祭天地祭四方祭山川祭五祀歲徧諸侯方祀祭山川祭五祀歲徧大夫祭五祀歲徧士祭其先祭日於壇祭月於坎日於東月於西(以別幽明以別內外)祭不欲數數則煩煩則不敬祭不欲疏疏則怠怠則忘王立七祀(曰司命曰中霤曰國門曰國行曰泰厲曰戶曰竈)諸

侯五祀(曰司命曰中霤曰門曰國行曰公厲)大夫三祀(曰族厲曰門曰行)士二祀(曰門曰行)庶人一祀(或立戶或立竈)夫聖王之制祭祀也法施於民則祀之以死勤事則祀之以勞定國則祀之能禦大災則祀之能捍大患則祀之日月星辰人所瞻仰山林川谷丘陵人所取材用也非此族也不在祀典(族猶類也)

【事對】

薦敬　報功(穀梁傳曰宮室不設不可以祭祭者薦其時也薦其敬也薦其義也非享味也許慎五經異義曰公侯祭百辟自卿已下不過其族夫鬼神之所及非其族類則紹其國位百辟者百君先有功德於人者今在其位故報祭之)

騂牡　黝牲(毛詩曰祭以清酒從以騂牡享于祖考周禮凡陽祀用騂牲毛之陰祀用黝牲毛之鄭注陰祀祭比郊及社稷黝黑騂赤也)

七祀　五祭上見敘事袁淮正論曰國之大祭有五褅祫郊祖宗報此五者禮之大節也　報德　崇恩楊泉物理論曰古者尊祭重神祭宗廟追養也祭天地報德也王充論衡曰凡祭祀之義有二一曰報功二曰脩先報功以勉力脩先以崇恩也　鬱酒　蘭湯周禮曰凡祭祀賓客之祼事和鬱鬯以實彝而陳之鄭玄注曰築鬱金煑之和鬯酒也鬱爲草若蘭劉義慶幽明錄曰廟方四丈不墉壁道廣四尺夾封蘭香齋者煑以沐浴然後親祭所謂浴蘭湯　六變　九成周禮曰孤竹之管雲和之琴瑟雲門之舞冬日至於圜丘奏之若樂六變則天神皆降可得而禮矣尚書曰簫韶九成鳳凰來儀　朝日　夕月禮記曰朝日祀五帝則張大次小次設重席重案合諸侯亦如之鄭玄注曰朝日春拜日於東門之外劉向列女傳曰日中考正敘人事少采夕月曹大家注曰少采降之采也以秋分祀夕月以迎陰氣也　禮地　賓河周禮曰以王作六器以禮天地四方以蒼璧禮天以黃琮禮地紀年曰后荒即位元年以玄璧賓于河狩于海獲大魚　彩壇　紺席東觀漢記曰桓帝立黃老祠北宮濯龍中爲壇彩色炫曜衛宏漢舊儀曰皇帝自行羣臣從皆百日池祠不出祭天紫壇幄帷高皇帝配天后堂下西嚮紺幄紺席　宜社　類帝禮記曰天子將出征宜于社鄭玄注宜祭名也尚書肆類于上帝禋于六宗望于山川徧于羣神　三望　六宗左傳僖公三十一年四卜郊不從乃免牲猶三望尚書曰禋于六宗王肅注曰所宗者六皆潔祀之理少牢於太昭祭時也相近於坎壇祭寒暑也王宮祭日也夜明祭月也幽禜祭星也雩禜祭水旱也禋于六宗此之謂也　受釐　致福漢書賈誼傳曰後歲餘文帝思誼徵之至入見上方受釐坐宣室蘇林注曰未央前正室周禮曰掌都祭之禮致福于國　圜丘　方澤　蒼璧　黃琮周禮曰凡樂圜鍾爲宮黃鍾爲角太簇爲徵姑洗爲羽冬日至於地上之圜丘奏之則天神皆降可得而禮矣函鍾爲宮太簇爲角姑洗爲徵南呂爲羽夏日至於澤中之方丘奏之則地祇皆出可得而禮矣又周禮曰以玉作六器禮天地回方以蒼璧禮天以黃琮禮地　以享　以祀　是類是禡毛詩曰以享以祀以介景

福小雅云是類是禡師祭也

賦

魏孫該三公山下祠賦

趙國元氏縣西界有六神祠吾觀其一焉在陘山之陽即三公祠焉崇堂既峻危閣造雲櫺軒臨萬仞之壑土木被丹藻之華是時寓目永日夕宿東序召彼故老訊之舊典云棟宇初興七十載三台耀靈實降甘雨夫山以有形爲神神以無形爲王若乃敲烝於上雷動於下公田穰於多黍嫠婦利其滯穗亦效邦之所以報歷葉不輟也於是援筆作賦昭神靈之有憑壯夏屋之弘麗其亂曰坤作地勢恒岳吐精怖獲磥啓上秀太清三后讚事兩師不寧有弇淒淒潤我羣生先人諒德圖象垂形考之舊史典謨無聲

晉稽含祖道賦

祖之在於俗尚矣自天子至庶人莫不咸用有漢卜日丙午魏氏擇其丁未至於大晉則祖孟月之酉日各因其行運三代固不同雖其奉祖莫識祖之所由興也說文祈請道神謂之祖有事於道者吉凶皆名君子行役則列之於中路喪者將遷則稱名於階庭或云百葉遠阻名皆凋減墳塋不復存其銘表遊魂不得托於廟祧智者故以歲初良辰肇建華揮揚絑旗將欲招靈爽於今夕庶衆祖之來憑蓋有兩端俯歎壯觀乃述而賦之

詩

宋謝莊烝齋應詔詩

霜露凝宸感肅僾動天引西郊滅湮弇東溟起昭晉舞風泛龍常輪霞浮玉軔紫階協笙鏞金途展轉應方見六詩和永闈九德潤觀生識幸渥睇服慙輶格

陳弘讓春夜醮五岳圖文詩

夜靜瓊筵謐月出杏壇明香煙百和吐燈色九微清五岳移龍駕十洲廻鳳笙目想靈人格心屬羽衣輕蕙肴薦神饗桂醑達遥誠熙然聊自得挹酒念浮生

陳叔達州城西園入齋祠社詩

升壇預絜祀詰早肅分司達氣風霜積登光日色遲農教先入政陽和秩四時祈年服垂冕告幣動褰帷瘞地尊餘貢人天庶有資椒蘭卒清酌簠簋徹香其折沮分歸胙充庭降受釐方憑知禮節況奉化雍熙

歌

梁江淹牲出入歌辭

祝詩史具禮備樂薦有牲在陳有鼓在懸騰燭象星奔水類電郊燎風飛騶彼采騎以伺質明以伸神宴

又薦豆毛血歌辭

時恭時祀有物有則伊我上聖實抱明德儀象交陳鬱樽四塞黍惟嘉穀酒惟玄默薦通碧祇慶覃黎黑願靈之降祚家祐國

又奏宣列之樂

歌辭 殷崇配天周尊明祀瑞合汾陰夢同泰畤青幕雲舒丹殿霞起二曜惟新五精告始下以饗之景福是履

郊丘第三

叙事 禮記曰祭帝於郊所以定天位也爾雅云圓丘泰壇祭天也方澤泰折祭地也周書作洛篇曰設丘兆於南郊以祀上帝配以后稷周禮大宗伯之職曰以禋祀祀昊天上帝禋之言煙也煙者同人尚臭煙氣之臭聞昊天上帝冬日至祀於圓丘天皇大帝也鄭玄注曰昊天也上帝玄天也蒼璧禮天鄭玄曰禮天以冬日至謂天皇大帝在北極者[redacted]禮神必以其類璧圓以象天黃琮禮地禮地以夏日至謂神在崑崙者也琮方以象地四圭有邸以祀天以旅上帝鄭玄注曰於中央為璧圭著四面一玉俱成也故曰四圭有邸圭末四出也或說四圭有邸圭四角也上帝玄天也鄭玄注云

禮天夏正郊天也上帝五帝也所郊以五帝殊言天者尊異之至兩圭有邸以祀地以旅四望兩圭者象地數二也謂所祀北郊神州之神大司樂奏黃鍾歌大呂舞雲門以祀天神謂五帝及日月星辰也王者各以夏正月祀其受命之帝於南郊奏大簇歌應鍾舞咸池以祭地祇祭於北郊謂神州之神及社稷禮記曰有虞氏禘黃帝而郊嚳祖顓頊而宗堯夏后氏亦禘黃帝而郊鯀祖顓頊而宗禹殷人禘嚳而郊冥祖契而宗湯周人禘嚳而郊稷祖文王而宗武王鄭玄注曰禘郊祖宗謂祭祀以配食左傳曰凡啓蟄而郊

事對 黃郊 黑畤 後漢書曰靈帝建寧二年迎氣黃郊道於洛水西橋逢暴風雨

導從鹵薄車或發蓋一百官霑濡還不至郊使有司行禮迎氣北郊漢書曰高祖入關問故秦畤上帝祀何帝對曰四帝有白黃青赤之祠高祖曰吾聞天有五帝而四何也莫知其說於是高祖曰吾知之矣待我而具五也乃立黑帝之祠名曰黑畤

朱火　紫壇　晉郊祀歌曰整泰壇禮皇神精氣盛一百靈賓蘊朱火燎芳薪紫煙起冠青雲又曰營泰畤定天衷思心睿謀筮從建表蘊設郊宮田燭置權火通歷元旬集首告飾堦壇坎列室

魯郊　雍畤　音止　毛詩曰皇皇后帝皇祖后稷注曰皇皇大也后君也帝謂天帝也魯郊祭皇皇之君帝以美祖后稷以配之其祭如天子之禮漢書曰祭五帝於雍畤在山上四望不見四方故曰雍畤

南郊　北畤　周禮曰設丘兆于南郊以祀上帝配以后稷北時見上

黃玉　黝牲　周禮以玉作六器禮天地四方以蒼璧禮天以黃琮禮地以青圭禮東方以赤璋禮南方以白琥禮四方以玄琮禮北方又曰牧人掌牧六牲而阜審其物以供祭祀以牲牷凡陽祀用騂牲毛之陰祀用黝牲毛之

保萬壽　懋百福　傅玄饗神歌曰整泰圻祚皇祗衆神感羣靈儀祚有晉暨羣[redacted]溢九有格天庭保萬壽延億齡又曰結方丘祗國琛樽既享俎既歆歛撿玉具鏖琛楙百福底自古錫萬壽迄在今

賦

後漢鄧耽郊祀賦　咨改元正誕章厥新豐恩羨溢含唐孕殷承皇極稽天文舒優遊展弘仁揚明光宥罪人羣公卿尹侯伯武臣文林華省奉贄厥珎夷髦盧巴來貢來賓玉璧既卒於斯萬年穆穆皇王克明厥德應符蹈運旋章厥福昭假烈祖以孝以仁自天降康保定我民

晉郭璞南郊賦　時惟青陽日在方旭我后方將受命於靈壇乃改步以鳴玉升金軒撫天僕揚六鑾齊八騄列五幡於一元兮靡日月於黃屋矯凌鳥以偵候整豹尾於後屬武騎佗以清道被練煥以波燭爾乃造廣場戾壇庭百寮山立萬乘雲屯延祝史肆玉牲登圜丘揖太清禮羣望告皇靈天登其氣日朗其精祝融穆以肅侍陽侯憺以中停於是司指戒燧火烈具炳宗皇祖而配祀增孝思之惟永郊稟之內區域之外彫顏卉服被髮左帶駿奔在壇不期而會饗駭鬼方聲振[redacted]龍倒景望風龍漢企踵攬若列星之環辰咸雲騰而海涌此蓋和氣旁通玄羅潛摠自然之感鼓而遂動

詩

梁傅昭恭職北郊詩　皇猷屬穹

昊至德邁深淵禋望㳂禮舉咸秩資化宣端職恭瘞祀飭躬奉嚴蠲淑氣符首節光風臨上年

周王褒從駕北郊詩 惟皇敬明祀望拜出河東地靈開複道營星發紫宮衡街響清蹕值候起相風森沉羽林騎肅穆虎賁弓

隋盧思道駕出圜丘詩 肅年簡時日上辛稱天吉平曉禁門開隱隱乘輿出乘輿出九重金根御六龍章移千乘動旆舉百神從黃麾引朱節靈鼓應華鍾神歌已相續神光復相燭風中飄紫煙壇上埋蒼玉

歌

宋顏延之天地郊夕牲歌辭 寅威寶命嚴恭帝祀奄受敷錫宅中拓宇宜地稱皇饗天作主月竁來賓日際奉土開元首正禮交樂舉六典聯事九官列序有牲在俎式薦主衷以荅神祜

隋庾信方澤降神歌辭 報功陰澤展禮玄郊平琮鎮瑞方鼎升庖調歌孤竹縮酒江茅聲揚鍾鼓器質陶匏列耀秀華凝芳郁茘川澤茂䄂丘陵容裔雲飾山罍蘭浮沉齊日至之禮歆茲大祭

隋牛弘郊祀昊天上帝歌辭 肇禋嚴祀式奉尊靈因高盡敬掃地推誠六宗隨光五緯陪營金石諧合絲竹淒清我粢既成我酌惟明元神是鑒百福來成

頌

梁簡文帝南郊頌 肅恭明神欽聽前蹕配天道尊迎陽義重玄酒陶匏蟠紫雲聳跨舜論韶籠堯稱拱郊宮載靜紫壇新謐肅肅禁圍陰陰仙室六戎列野八鑾昭日架殺星羅重宮霧出康哉德盛美矣時豐三辰增曜七政永崇五方來泊四燠茲通懸繩度笮駕鹿追風既敎懋化復覩瑞滋金車出野玉露霑墀紫脫神章華平瑞芝長愉注滅永固雍熙

宗廟第四

敘事

禮記曰天子七廟三昭三穆與太祖之廟而七諸侯五廟二昭二穆與太祖之廟而五大夫三廟一昭一穆與太祖之廟而三士一廟庶人祭於寢遠廟爲祧去祧爲壇去壇爲墠去墠爲鬼此皆言祭先祖遠近之差自桃已上皆爲毀廟釋名曰宗

尊也廟貌也先祖形貌所在也漢書舊事曰廟
者所以藏主列昭穆說文曰宗廟之木主名曰
祏白虎通曰言神無所依據孝子以主繼心論
語曰夏后氏以松殷人以栢周人以栗（栗敬也使人謹敬）
五經要義曰木主之狀四方穿中央以達四方
天子長尺二寸諸侯長尺皆刻謚於背又摯虞
決疑要注曰凡廟之主藏於戶外西牖之下有
石函故名宗祏周禮曰五歲一禘三歲一祫續
漢書曰禘諦也序昭穆諦父子也祫合也毀廟

之主合食於太祖（諦審也）禘以四月祫以十月（四月陽氣在上陰氣在下正尊卑之義十月五穀成熟故骨肉合聚飲酒也決疑要注曰禘以孟夏祫以孟秋二說不同）故漢
舊儀曰子爲昭孫爲穆昭西面穆東面三年大
祫諸帝以昭穆坐於高廟其諸隳廟神主皆合
食禮記曰凡祭宗廟之禮牛曰一元大武豕曰
剛鬣豚曰腯肥羊曰柔毛雞曰翰音犬曰羹獻
雉曰疏趾兔曰明視脯曰尹祭槀魚曰商祭鮮
魚曰脡祭水曰清滌酒曰清酌黍曰薌合粱曰
薌萁稷曰明粢稻曰嘉疏韭曰豐本鹽曰鹹鹺

玉曰嘉玉幣曰量幣 **事對** 時類 月祀 張方賢魯國先賢傳曰古者先王日祭月享時類歲祀諸侯舍日卿大夫舍月庶人舍時國語曰甸服者祀日祭月祀先王之訓

冬薦 秋嘗 毛詩曰潛季冬薦魚孟春獻鮪也猗歟漆沮潛有多魚以享以祀以介景福爾雅曰春祭曰祠夏祭曰礿秋祭曰嘗冬祭曰蒸

鄉合 嘉蔬 儀禮曰始虞用柔日曰哀子某敢用絜牲剛鬣鄉合嘉薦嘉蔬已見敘事中

瑤爵 玉豆 周禮曰凡賓客獻瑤爵皆贊鄭玄注曰謂王之同姓及二王後來朝覲爲王賓客者也祼之禮亞王而禮賓也獻謂王饗燕主獻賓也禮記曰季夏六月以禘禮祀周公於太廟鬱尊用黃目灌用玉瓚大圭薦用玉豆彫簋爵用玉琖

夏禘 冬蒸 禮記曰春祭曰礿夏祭曰禘者陽之盛也古者於禘祭爵賜服順陽之義也冬蒸見上

閟宮 清廟 毛詩曰閟宮有侐鄭玄注曰閟神也姜源神所依古廟曰神宮又曰清廟祀文王也周公既成洛邑朝諸侯率以祀文王焉鄭玄注曰清廟者祭有清明之德者之宮也謂祭文王天德清明文王象之故歌此詩而祭之

春祠 夏禴 周禮曰以饋食享先王以祠春享先王以禴夏享先王以嘗秋享先王以烝冬享先王董仲舒春秋繁露曰古者歲四祭因四時所生熟而祭先祖父母也禮夏曰禴

酎金 灌玉 衛宏漢舊儀曰皇帝會諸侯酎金廟中以上計儀設九賓陪位也史記注云正月旦作酒八月成名酎酎言純也武帝時八月嘗酎會諸侯廟中出金助祭所謂助金周禮曰凡灌玉濯之禮陳之以贊灌事鄭玄注云灌玉謂珪瓚璋瓚

祀武 告文 毛詩曰執競祀武王也執競武王無競維烈不顯成康上帝是皇又曰維天之命太平告文王也維天之命於穆不已

五廟 七室 禮記曰當七廟五廟無虛主唯祫祭於祖爲無主耳傳暢晉諸公讚曰王俊字彭祖爲幽州刺史尋洛陽破後承制衍臺以宗廟焚毀設壇望祀七室及功成配食

介福 純嘏 毛詩曰祝祭于祊祀事孔明先祖是皇神保是享孝孫有慶以介景福萬壽無疆又曰籥舞笙鼓樂既和奏烝衎烈祖以洽百禮百禮既至有玉有林錫爾純嘏子孫其湛鄭玄云純大也嘏謂尸與主人以福

三歲祫

五年禘五經異義曰謹案叔孫通宗廟有日祭之禮知古而然也三歲一祫此周禮也五歲一禘疑先王之禮也禮稽命潜曰三年一祫五年一禘以衣服想見其容色三日齊思親志意想見所好喜然後入廟 審昭穆

諦父子傳咸奏曰先儒解禘禘者諦也審昭穆故也白虎通曰位尊德盛所及彌遠謂之禘祫何禘之爲言諦也序昭穆諦父子祫者合也 昭孝通神 露濡霜降漢書曰祀者所以昭孝事祖通神明也禮記曰君子合諸天道春禘秋嘗霜露既降君子履之必有悽愴之心非其寒之謂也春雨露既濡君子履之必有怵惕之心如將見之

上下之際 神明之道禮記曰夫祭有畀煇胞翟閽者惠下之道也此四者吏之至賤者尸又至尊以至尊既祭之味而不忘至賤是故明君在上則無凍餒者矣此之謂上下之際又曰鋪筵設同几爲依神也既詔祝杓室而出于祊此交神明之道也

詩

宋孔欣祠太廟詩束帶從王事結纓奉清祀肅肅禁闈內翳然絕塵軌峩峩高堂上層構鬱雲起明發修薦享矜束不遑止蹙折階廊間捿捿常靡已

梁張率太廟齋夜詩潔齋謝紛華寂寥清廟靜肅穆視牲盛端服侍嚴省

歌

宋顏峻七廟迎神辭敬恭明祀孝道感通合樂維和展禮有容六舞肅列九變成終神之來思享茲潔衷靈之往矣綏我家邦

隋庾信太廟晨祼歌辭永惟神武潛慶靈長龍圖革命鳳曆歸昌功移上惏德躍中陽清廟肅肅猛虡趪趪曲臺大厦聲和盛唐牲牷蕩滌蕭合馨香和鑾戾立振鷺來翔永敷萬國是則四方

陳叔達太廟祼地歌辭清明既祼鬱鬯惟禮大哉孝思嚴恭祖禰龍衮以祭鸞刀斯啓發德朱絃升歌丹陛筵享粢盛堂斝沉齊降福穰穰來儀濟濟

褚亮宗廟九德之歌辭皇祖誕慶於昭於天積德斯遠茂緒攸先繼天應歷神武弘宣肇跡嬀水成功版泉道光覆載聲穆乾元式備儀象用潔牲牷禮終九獻樂展四懸神貺景福遐哉永年

頌

後漢王粲太廟頌思皇烈祖

思皇烈祖時邁其德肇啓洪源貽宴我則我休厥成聿先厥道丕明丕欽允時祖考

又於穆清廟翼嚴休徵祁祁

髦士厥德允升懷想成位咸奔在宮无思不若永觀厥崇 又 綏庶邦和四宇九功備彝樂序建崇牙設璧羽六佾奏八音舉昭大孝衎妣祖念武功收醇祜

王肅宗廟頌 明德惟馨昊天子之眷祐我魏薄言起之起之伊何黎元時雍子之伊何曆數在躬於乎盛哉神明是通 又 湛湛甘露濟濟醴泉或涌于地或降于天天地交泰品類蕃蕪祥瑞嘉應其集如雨屢獲豐年穀我士女祖考既饗於懽樂胥

社稷第五

敘事 孝經緯曰社土地之主也土地闊不可盡敬故封土爲社以報功也稷五穀之長也穀衆不可徧祭故立稷神以祭之禮記曰厲山氏之子柱及周弃爲稷 厲山氏之有天下也其子曰柱能殖百穀夏之衰也周弃繼之故祀以爲稷神厲或爲列 共工氏之子后土爲社 共工氏之霸九州也其子曰勾龍爲后土能平九州故祀爲社 尚書曰湯既勝夏欲遷其社不可 湯承堯舜禪代之後順天應人逆取順守而有慙德故革命創制改正易服變置社稷以後代無及勾龍者故不可而遂止

禮記曰三爲羣姓立社曰太社王自爲立社曰王社諸侯爲百姓立社曰國社諸侯自爲立社曰侯社大夫以下成羣立社曰置社漢舊事曰天子太社以五色土爲壇封諸侯者取其方面土苴以白茅授之各以其方色以立社於其國故謂之授茅土

事對 示本 表功 禮記曰社所以神地之道也地取於天是以尊天而親地故教人美報焉家祭中霤而国主社稷示本也白虎通曰王者所以有社稷何爲天地求福報功也社稷

所以有樹何所以表功也

封樹　列土

周禮曰封人設王之社壝爲畿封而樹之鄭玄注曰壝謂壇及埒坂周書曰諸侯受命于周而建太社于國中其壝謂東青土南赤土西白土北驪土中央[redacted]以黃土明建諸侯鑿取其方一面土苴以白茅以土封之故曰列土于周室

南社　右稷

尚書無逸篇曰大社惟松東社惟栢南社惟梓西社惟栗北社惟槐周禮掌建國之神位右社稷左宗廟

探金　取劍

搜神記曰中興初有膴嫗者生四子而畫見神光照社試探之乃得黃金自是諸子官學並有才名錄異傳曰會稽賀瑀曾得疾不知人死三日蘇云吏將上天見官府使人將瑀入黃房中有層架其上有印其中有劍使瑀唯意取之瑀短不及上層取劍以出門下問何得云得劍曰唯使社公耳疾愈果有鬼來稱社公

禹社　弃稷

淮南子曰禹勤天下死而爲社也弃稷見叙事

殷栢　漢枌

論語曰哀公問社於宰我對曰夏后氏以松殷人以栢周人以栗使民戰栗也漢書曰高祖詔於豐理枌榆社春以羊彘祠之

春祈　秋報

毛詩曰載芟春籍田而祈社稷也又曰良耜秋報社稷也畟畟良耜俶載南畝播厥百穀

封土　蓺樹

尚書曰海岱及淮惟徐州厥貢惟土爲社五色孔安國注曰王者封五色土爲社建諸侯則各割其方土與之使立社冐以黃土苴以白茅湛方生盟文曰賡厦雲稱非一人之功吉凶大事豈一家所濟仰惟先王建社之制俯從詩人匍伏之義遂蓺樹立壇結誓神明梁下之期猶或亡身況乃啓告靈祇相盟以道[redacted]者庶能助周孔之一教申情禮於人神

通天地　受風雨

王充論衡曰亡國之社屋其上柴其下者示絶於天地夫春秋薄社周以爲戒夫經藝書傳人當覽之猶社當通氣於天地也故人不通覽者薄社之類禮記曰天子大社必受霜露風雨以達天地之氣是故喪國之社屋之不受天陽也薄社北牖使陰明也鄭玄注曰絶其陽通陰而巳薄社殷都於薄

冐黃土　苴白茅

尚書无逸篇曰天子社廣五丈諸侯半之上冐以黃土下見叙事

殖百穀　平九土

上見叙事尚書曰越翌日戊午乃社于新邑牛一羊一豕一孔安國注曰社稷之位牲用大牢共工氏有子曰勾龍能平九土祀以爲社

陳俎豆　施金石

禮記曾子問曰諸侯之祭社稷俎豆旣陳又曰樂之

施金石越於聲音用於宗廟社稷

歌 隋牛弘春祈社歌辭 厚地間靈方壇㬎杞建以風露樹之松梓勾萌既由茇柞伊始恭祈粢盛孝膺休祉

又春祈稷歌辭 粒食興敎播厥有先尊神致潔報本惟虔瞻揄東皐望杏開田方憑戩福佇詠豐年

頌 魏曹植社頌 於惟大社官名后士是曰勾龍功著上古德配帝皇寔爲靈主克明播殖農政日舉尊以作稷豐年是與義與社同方神此宇建國承家莫不修序

宋何承天社頌 社實陰祇稷惟穀先率育萬類協靈昊乾霸德方將時號共工厥有才子寔曰勾龍稱物半賦百姓熙雍陶唐救災決河數江弁亦播植作人萬邦克配二祀以報勳庸勳庸伊何厚載蒼生倉廩既實禮節斯行人亦有言因物思人矧乃六德功被陶鈞乃家乃國是奉是遵

明堂第六

叙事 周禮曰夏后氏大室殷人重屋周人明堂度以九尺之筵又曰明堂者明諸侯之尊卑周書曰明堂方一百一十二尺室中方六十尺牖高三尺門方十六尺東方曰青陽南方曰明堂西方曰總章北方曰玄堂中央曰太廟亦曰太室左爲左个右爲右个 五經要義以太廟爲太室 孝經援神契明堂者天子布政之宮上貟下方八窗四闥在國之陽釋名云明堂者猶堂堂高明貌也大戴禮曰明堂凡有九室一室而有四戶八牖揔三十六戶七十二牖以茅蓋屋桓譚新論曰王者造明堂上貟下方以象天地爲四面堂

各從其色以倣四方天稱明故曰明堂三輔黃圖曰明堂者天道之堂也所以順四時行月令宗祀先王祭五帝故謂之明堂辟廱貞如璧廱以水異名同事其實一也禮記曰天子曰辟廱諸侯曰頖判音宮白虎通曰天子立辟廱所以行禮樂宣德化也辟者象璧貞法天雍之以水象教化流行五經通義曰諸侯不得觀四方故缺東以南半天子之學故曰頖宮頖者判也管子曰黃帝立明堂之議舜有告善之旌湯有總街之廷

武王有靈臺之侯 按諸儒及舊說明堂辟雍靈臺三事不同明堂宗祀之所辟雍敎導之所靈臺侯望之所三輔黃圖以爲明堂辟雍同管子以爲明堂靈臺同蓋今亦異說也東觀漢記曰光武中元年營造明堂辟雍靈臺此即三事不同

事對

五府 九房 尚書帝命驗曰帝者承天立五府以尊天注曰天有五帝集居大微降精以生聖人故帝者承天立帝之府是爲天府張衡東京賦曰乃營三宮布政頒常複廟重屋八闥九房規天矩地授時須鄉

承天 統物 桓譚新論曰王者造明堂辟雍所以承大行化也蔡邕月令論曰明堂所以明天氣統萬物

四阿 九室 周禮曰殷人重屋堂修七尋堂崇三尺四阿重屋鄭玄注云四阿若今四柱也大戴禮曰明堂者古之有凡九室一室有四戶

四闥 八階 許愼五經異義曰明堂之陽三里之外七里之內上負下方八牖四闥布政之宮故稱明堂盛貌也徐乾郊廟明堂議曰明堂在國之陽國門之外一室九室四門八階

布恩 施令 趙曄吳越春秋曰越王召范蠡問孤竊自志欲以令日一登上明堂布恩致令以撫百姓

王隱晉書曰紀瞻答秀才策曰周制明堂所以宗其祖以配上帝其正中者太廟以順天時施法令 **學南 汶**

上 宋起居注曰今太廟太極既以隨時明堂之制国斈之南地寔京邑爽塏平暢足以營建蔡邕礼樂志曰孝武帝封禪岱宗立明堂於泰山汶上 **行正 聽朔** 頒容春秋釋例曰告朔行政謂之明堂徐乾郊廟明堂議曰明堂天子每月於此聽朔布政 **蒿宮 茅屋** 礼論曰或以爲明堂者文王廟周德澤和洽蒿茂大以爲宮柱名曰蒿宮三輔黃圖曰孝武帝議立明堂於長安城南許令褒等議曰案五經礼樂傳記曰聖人之教制作之象所以法天地比類陰陽以之宮室本之太古以昭令德茅屋采椽土階素與越席皮弁蓋典於黃帝堯舜之世是以三代脩之也 **策**

勳 布政 頒容春秋釋例曰周公朝諸侯於明堂太廟与明堂一躰也春秋人君將出于宗廟及行策勳獻俘於廟布政見四闥注 **陽館 玄堂** 尸子曰黃帝曰合宮有虞氏曰總章殷人曰陽館周人曰明堂玄堂見敘事 **重屋 複道** 周礼曰殷人曰重屋堂脩七尋堂崇三尺四阿重屋鄭玄注云重者王宮王堂若太

寢者漢書曰明堂圖中有一殿四面无壁以茅蓋通水之圜宮垣爲複道上有樓從西南入名曰崑崙 **正四時**

統萬物 礼含文嘉曰明堂所以通神明感天地正四時出教令崇有德章有道褒有行蔡邕月令論曰明堂者所以明天氣統万物 **禮三老 祭五帝** 白虎通曰礼三老於明堂所以教諸侯孝祭五帝於太斈所以教諸侯悌三輔黃圖曰明堂者明天道之堂所以從四時行月令宗祀先王祭五帝故謂之明堂 **享**

上帝 祀先王 淮南子曰自古者明堂之制下之濕潤不能及上之霧露不能入足以享上帝礼鬼神示人[redacted]節也祀先王見上祭五帝

賦 **李尤辟廱賦** 太斈既崇三宮既章靈臺司天群耀弥光大室宗祀布政国陽辟廱嵩嵩規圓矩方階序牖闥覆觀四張流水湯湯造舟爲梁神聖班德由斯以匡喜喜濟濟春射秋饗

劉允濟萬象明堂賦 睿哲惟唐受天之明究皇王之鴻休包宇宙之純精恢天祿以作乂攄元命之振英鼓黔雷以播氣運蒼昊而時成括闓陽与泰階襲三聖以光亨礼樂交通典謨洋溢天以洛視而龜書至地以河觀而

龍圖出擁神休尊明號激清流揚茂實將大報於玄天享神祇
以稱秩願甲宮而自處惟禋宗而是恤思致美於總章覽娵訾
而法營室訪夏后之軌儀云廣四而修一彼宗周之有制間或
九而或七錯綜乎舊典經始乎玉律紹先志以高興匪矜功而
首出乃延公侯卿士藝人表臣而審其議焉咸以爲明堂者明
乎天道者也所以明有功表有德崇大教發大政登假嚴經歆
修宗祀非夫爲已者也安可已乎粵正月庚午始創明堂之制
焉考經緯之長策應黃鍾之旋宮穆穆四門可納四氣明明八
窻均調八風靡金靡玉匪磨匪礱去惰侈之夜光明素質以爲工
思承天以接神故峻相乎皇穹颺乎懿濞繵兮豐融雷承乾以
震耀雲大壯乎其中非至聖
之精誠孰能克勤乎此功

詩 梁孝元和劉尚書兼明堂齋宮詩

質明攝上宰言早乘車軒四圭邸蒼玉六變
舞雲門香浮鬱金酒烟繞鳳皇樽貂晃交揮
映珩珮自相喧微風颺清管輕雨發陳根新花
臨御陌春色起天園河間獻樂語斯道愧能論

頌 宋虞通之明堂頌

肅肅明堂惟國之光儀天矩地崇雉潤黃縣殿颺
輝服夏擅芳無斁伊典有煥斯章綿綿敎樞翳翳
化紀聲沉五都風晦千祀我皇蒸哉追孝創軌縟憲垂統光圖
麗史宗祀既崇享配惟馨六樂薦和四圭流明殷殷華海豐豐
孚誠慶輝旁
燭休光下盈

巡狩第七

敘事 周易曰先王以省方觀民設敎尚
書曰歲二月東巡狩至于岱宗柴望秩于山川
肆覲東后協時月正日同律度量權衡修五禮
五玉三帛二生一死贄如五器卒乃復五月南
巡狩至于南岳如岱禮八月西巡狩至于西岳
如初十有一月朔巡狩至于北岳如西禮歸格
于藝祖用特禮記曰王者巡狩必觀諸侯問百

年太師陳詩以觀民之風俗命市納賈以觀民之好惡白虎通曰巡者循也狩者牧也王者爲天循行以牧人也恐遠近不同化幽隱有不得所者故必視見五年再閏天道大備故五歲一巡狩漢書曰武帝南巡至于盛唐登天柱山舳艫千里薄樅陽而出作盛唐樅陽之歌東觀漢記曰章帝東巡狩至于岱宗祀五帝於汶上明堂耕于定陶

事對

省方 述職 上見敘事鄭玄注毛詩譜曰武王伐紂定天下巡狩述職陳諸國之詩以觀民之風也

觀風 展義 禮記曰命太師陳詩以觀民風鄭玄注陳詩爲采其

一詩而視之左傳曰天子非展義不巡狩杜預注云天子巡狩所以宣布德義

布德 設教 並已見上

考職 賦政 周禮職方氏掌天地之圖正將巡狩則戒于四方曰各修平乃守考乃職無敢不敬戒崔駰北巡頌曰禋潔享祈歆嘗百神爰始賦政授務于人

陳詩 觀禮 陳詩見上張衡巡狩誥曰惟二月初吉帝將狩於岱岳展義省方觀風設教丙寅脁率羣賓備法駕以祖于東門乙酉觀禮於魯而休齊焉

風行 雨施 周易曰風行地上觀先王以省方觀民崔駰南巡頌曰惟林烝之鴻德允天覆而無遺壯雲行之博惠淑雨施於庶黎

天動 神行 崔駰東巡頌曰升九龍之華旗巡翠霓之旌旄三軍霆激羽騎火列天動雷震隱隱轔轔又北巡狩頌曰雍容清畐謐爾無虞垂拱穆穆神行化馳

四維 五載 黃帝大一密推曰欲知巡狩之年當視太一與天目在四惟之歲法爲巡狩尚書曰五載一巡狩羣后四朝

祀四岳 柴二辰 毛詩曰般巡狩而祀四岳河海也於皇時周陟其高山毛萇注云高山四岳也馬融東巡頌曰敷六典經八成變和萬殊摠領

神明類乎上帝柴乎三辰 / 禋祀乎六宗祇燎乎群神 巡東作 秩西成 崔駰北巡頌 / 曰登中□天
帝觀神農將省陽穀相天功巡東作又西巡頌曰惟秋穀既登
上將省斂平秩西成巡畿于西郊因斯万物凝德綏俗昔既春
遊今乃 / 秋豫 審銓衡 同律度 越絕書曰禹巡狩大越見耆老 / 納詩書審銓衡平升斛白虎通
曰巡狩所以四時出可當承宗廟故 / 不踰也以夏之仲月同律度得其中 祀五帝 禋六宗 上 / 見
敘事中下 / 見柴三辰 備天官 運法駕 班固東巡頌曰■六龍較五 / 軨斉百寮練質素命南重以
司歷厥中月之六辰備天官之列衛盛輿服而東巡又南巡頌
曰既禘祖於西都又將袷于南庭是時聖上運天官之法駕建
日月之 / 旗旍 修五禮 問百年 尚書曰歲二月東巡狩至于岱宗柴 / 修五礼五玉孔安国注云五等諸侯
瑞圭璧也問 / 百年見叙事 宣聲教 撫黎元 後漢章帝巡幸詔曰惟巡 / 狩之制以宣声教考同遐
迩解釋怨結宋孝武帝巡幸賑恤詔曰夫足踐目見寔尊天命
尚怨踰深甽俗未同其化自遠幽隱不得其所故降省風俗躬
撫黎 / 元 同遐邇 察風俗 同遐迩見上宣声教注宋孝武帝 / 巡狩省風俗詔曰朕聿合五色奄

一天下當沿時省方觀察風俗 / 外詳考舊典以副側席之懷也 詩 唐太宗重幸武功詩
代馬依朔吹驚禽愁昔蒙况玆承春德懷舊感深衷積善欣餘
慶暢武悅成功垂衣天下治端拱車書同白水巡前跡丹陵幸
舊宮列筵歡故老高宴聚新豐駐蹕撫田畯迴輿訪牧童瑞氣
縈丹闕祥煙散碧空孤嶼含霜白遥山帶日紅於焉歡擊筑聊
以詠 / 南風 宋范曄樂遊應詔詩 軒駕時未肅文囿降昭臨 / 流雲赴行蓋晨風引鑾音 梁沈
約侍遊方山應詔詩 清漢夜昭晢扶桑曉陸離發歌縱陽下巡羽 / 朝夕池摐金浮水若聳罩■山祇一雲浩九霄
露蘩藿 / 終自知 北齊袁奭從駕遊仙詩 遊天響仙蹕春望動神衷潤 / 水合初溜山花發早聚玉輿
明淑景珠旗轉瑞風平 / 原与上路佳氣遠葱葱 周明帝還舊宮詩 玉燭調秋氣金輿歷 / 舊宮還如過白水更
似入新豐秋潭清晚菊寒井落 / 疎桐舉盃延故老今聞歌大風 隋煬帝還京師詩 東都礼 / 義宰西

京冠蓋歸是月春之季花柳相依依雲蹕清馳道彤輦御晨暉寥亮鐃笳奏葳蕤旌旆飛後乘起文雅前驅勵武威　隋

李德林從駕巡道詩　大夏堯遺俗汾河漢豫遊今隨龍駕往還屬雁飛秋天行肅輦路日馭翼華輈朝乘六氣■夕動七星旒谷靜禽多思風高松易秋遠林才有色遙水漫無流京華佳麗所目極與雲浮但覩凌霄觀詎見望仙樓鑠門皆秀發鴛池盡學優待君草封禪東山觀射牛

又從駕還京詩　至仁文敎遠惟聖武功宣太師觀六義諸侯問百年玄覽時乘隙訓旅次山川鎮象屯休氣華蓋翼飛煙鼓奏千人響旗動七星連峻嶺戈迴日高峰馬煦天姑射神遊罷簫關獵騎旋更待東山上看君巡狩篇

隋薛道衡從駕天池應詔詩　上聖家寰宇威略振邊陲入維穷眺覽千里曳旌旗駕黿臨碧海控驥踐瑶池曲浦騰煙霧深浪駭鯨螭

又從駕幸晉陽詩　省方遵往冊遊豫叶前經金吾朝戒道校尉晚巡營重巒下飛騎絶浦渡連旌澗水寒逾咽松風遠更清方觀翠華反簪筆上云亭

隋虞茂奉和幸太原輦上作應詔詩　唐巡光帝則夏豫穆宸儀珠旗揚翼鳳玉獸儼丹螭流吹和春鳥交弄拂花枝

又奉和幸江都應詔詩　巡幸光帝典征吉乃先天澤國翔宸駕水府泛樓船上萃縈長薄三翼亘通川夙興大昕始求衣昧早前澄瀾浮曉色遙林卷宿煙晨霞稍含景落月漸虧弦迴塘響歌吹極浦望旌旃方陪觀東后登封禪肅然

虞世南和至壽春應令詩　搖山盛風樂南巡務逸遊如何事巡撫人瘼諒斯求文鶴揚輕蓋蒼龍飾桂舟泛沫縈沙嶼寒澌擁急流路指入仙舘途經百尺樓眷言昔遊踐迴駕且淹留後車喧鳳吹前旌映綵旒龍驂駐六馬飛閣上三休調諧金石奏歡洽羽觴浮天文徒可仰何以廁琳球

上官儀和過舊宅應詔詩　石關清晚夏璇輿御早秋神麾颺珠雨仙吹響飛流沛水祥雲泛宛郊瑞氣浮大風凝漢筑蔾煙入舜球翠梧臨鳳邸滋蘭帶鶴舟偃佔歌玄化扈蹕頌王遊遺簪謬昭奬珥筆荷恩休

後漢班固東巡頌　切見巡狩岱宗柴望山虞宗祀明堂上稽帝堯中述世宗遵奉光武礼儀備具是以

明神屢應休徵乃降 又南巡頌 維漢再受命爰葉一十協長和則天經郊高宗光六幽通神明旣禘祖於西都又將裕於南庭是時聖上運天官之法駕建日月之旍旌 後漢崔駰東巡頌 伊漢中興三葉於皇惟烈允迪厥倫纘正命亂漢勲矩節度以範物規乾則以陶鈞於是考上帝以質中揔列宿於北辰開太微於禁庭延儒林以諮詢于時載華抱實微爾而造曰盛乎大漢旣重雍而襲熙代增其德唯斯岳禮久而不修此神人所慶幸海內之所想思頌有喬山之征典有徂岳之巡時邁其邦人斯攸勤不亦宜哉乃命太僕馴六騶閑路馬戒師徒於是秉與登天靈之威軨駕太一之象車聘東作之上務

封禪第八

敘事 禮記曰昔先王因天事天因地事地因名山升中于天 中成也祭天告以成功 河圖眞紀曰王者封泰山禪梁甫易姓奉度繼興崇初也史記曰齊桓公欲封禪管仲曰古封泰山禪梁甫七十二家夷吾所記十有二焉無懷氏封泰山禪云云伏犧氏封泰山禪云云神農氏封泰山禪云云炎帝封泰山禪云云黃帝封泰山禪云云顓頊封泰山禪云云帝嚳封泰山禪云云堯封泰山禪云云禹封泰山禪會稽湯封泰山禪云云周成王封泰山禪社首皆受命然後得封禪古之封禪鄗上之黍北里之禾所以爲盛江淮之間一茅三脊所以爲藉東海致比目之魚西

海致比翼之鳥然後有不召而自至者十有五焉又曰秦始皇既并天下即帝位徵齊魯儒生博士七十人至泰山下議曰古者封禪爲蒲車惡傷山之土石草木始皇上泰山立石頌始皇德明其得封也封藏皆祕代不得而記始皇上泰山中坂遇風雨休於樹下因封其樹爲五大夫五松樹又曰封禪則不死黃帝是也儒者皮弁薦紳射牛封泰山如郊太一之禮也

事對

承天 報地 司馬彪續漢書曰上以用石功難又欲及二月封故詔梁松欲因故封石空檢更加封而松上疏爭之以爲承天之敬尤舊章明奉圖書之瑞尤宜明著今因舊封竄寄玉牒故石下恐非重受命之義白虎通曰天以高爲尊地以厚爲德故增泰山之高以報天附梁父之厚以報地

降禪 升封 謝靈運泰山吟行曰岱宗秀維岳崔卒刺雲天登封瘞崇壇降禪藏肅然又白虎通曰王者受命而起必升封泰山報告之義

建號 著紀 司馬相如封禪書曰業隆於襁褓而崇冠于二后揆厥所元終都攸卒未有殊尤絕迹可存於今者也然猶躡梁父登泰山建昭號施尊名應劭注曰襁褓謂成王也二后文武也司馬彪續漢書曰河圖會昌符云漢大興之道九代之王封泰山刻石著紀禪於梁父退省考功

加厚 增高 白虎通曰增泰山之高以報天附梁甫之厚以報地明天之所命功成事就有益天地若高者加高厚者加厚也天示增高也故曰奉高者以事東岳帝王禪代之處也漢武立太壇於東山

封金 刻石 白虎通曰或曰封禪金泥銀繩封之以金印言功成封禪以告太平也孝經鉤命決曰封乎泰山考續燔燎禪于梁父刻石紀號

金策 石檢 漢書元年四月癸卯上還登封太山應劭注曰王者功成

治定告成功於天刻石紀號有金冊石函金泥玉檢之封焉應劭漢官儀曰封禪泰山就武帝封處累其石發壇置玉牒書封石此中復封石檢 **金印 玉璽** 金印見上司馬彪續漢書曰建武三十二年上許梁松等奏乃求元封故事議封禪所施用有司奏當刻玉一枚方寸二分一枚方五寸 **三脊 六穗** 史記曰天子獨與侍中奉車子侯上泰山亦有封其事皆禁明日下陰道丙辰禪泰山下阯東北肅然山如祭后土禮天子皆親拜見衣上黃而盡用樂焉江淮間茅三脊為神藉司馬相如封禪書曰導一莖六穗於庖注曰導擇也一莖六穗謂擇嘉禾之米於庖以供祭祀

西鶼 東鰈 謝莊八座太宰江夏王表請封禪奏曰江淮鄗上之使結軌於璧門西鶼北采之譯相望於道路又尚書中侯曰昔古聖王功成道治符出乃封泰山今比目之魚不至鳳皇不臻麒麟遯未可以封鄭玄云比目魚東方異氣所生其名曰鰈 **檢玉 泥金** 孫嚴宋書曰袁淑為吏部郎太祖元嘉二十六年大舉北封淑侍坐從容曰盛王令典廢壞永久今當鳴鑾中岳席卷趙魏檢玉岱宗今其時也臣逢千載之會願上封禪書一篇使聲齊上

古帝曰盛德之事何足以當之封禪注儀曰持凡三十人上登壇上石礙蓋尚書令北向跪藏玉牒畢持禮覆石礙尚書令封上十石檢亦纏以金繩泥以金泥四方各依其色 **探策 封檢** 應劭風俗通曰封泰山禪梁父說岱宗上有金篋玉策知人年壽修短武帝探得十八因倒讀曰八十其後壽果如策者長漢書曰元封元年四月癸卯上還登封泰山應劭注曰王者功成治定告成功於天封岱宗者助天高也刻石紀號有金策石函金泥玉檢之封也 **石室 天闕** 吳志曰孫皓天璽元年吳興陽羨山有空室所禪事為大瑞乃遣兼司空董朝周處等封禪國山明年改元大赦以協石文應劭漢官儀曰元亡封禪書曰白氣夜有光當天闕下石門之時磣亦可畏 **日觀 雲闕** 應劭漢官儀曰泰山東南山名曰日觀北有石室壇南有盤中有玉龜又曰建武三十二年車駕東巡狩二月九日到晉十九日國家居亭百官布列此日山上雲氣成宮闕百姓皆見 **合符 展采** 漢書曰公王雜曰黃帝封東岳泰山禪凡山合符然後不死司馬相如封禪書曰因雜縉紳先生之略術使獲日月之末光絕炎以展采錯事猶兼正列其義不挍

餙厥尊名 盛節封禪書曰躋梁父登泰山建昭號施尊名
文 漢書倪寬對策曰封泰山禪梁父昭姓考
瑞此帝王 秦雨 漢雲 史記曰始皇立石頌其功德從隂
之盛節 道不禪於梁父上太山中阪遇風
雨暴至休於樹下又曰李少君言云從遠方竒獸飛禽及
白雉以加祀皆至太山其夜若有光書有白雲起封中 石
蓋 金繩 封禪儀注曰壇上置石䃭再累階方五尺厚一尺
置壇中刻䃭上施十枚石檢東西各二檢南北各
二檢上有石蓋若今之檇子擸子白虎通 仙閭 天門 漢書
曰或曰封者金泥銀繩或曰石泥金繩 曰上
修五年之禮而加禪祠石閭者在泰山下阯南方方士言仙閭
也漢官儀曰泰山下直上七十里至天門如從穴中窺天窓矣
勤石 瘞玉 桓譚新論曰言太山之有刻石凡千八百餘
處而可識知者七十有二沈約宋書曰江夏
王義恭表云彤氣降於宮樹珎露呈 射牛 縱雉 史記曰
味於禁林宜其修封泰山瘞玉岱宗 上念方
士言封禪人人殊不經難以施行天子下梁父禮祠地主巳卯
命侍中儒者皮弁薦紳射牛行事封泰山下東方如郊祠太一

之禮縱雉已 方嶽 圓壇 韋曜毛詩問荅曰時邁之詩巡狩
見漢雲注中 告祭柴望也鄭玄注曰天子巡狩
邦國至方岳之下而封禪司馬彪續漢書曰建武三十年二月
羣臣上言即位三十年宜封禪泰山又有趾石皆再累枚長一
丈厚一尺廣二 玉盤 石䃭 玉檢 石泥 並巳
尺皆在圓壇上 見上 受符
奉牒 春秋漢含孳曰天子所以昭察以從斗樞禁令天下經
體守文宿思以合神保長文天子受符以辛日立號司
馬彪續漢書曰御輦升山日中後到山上即位于壇南
北面帝升尚書令奉玉牒檢皇帝以寸二分璽親封也 發德
號 飛英聲 張華封禪儀曰海內歸心符瑞之應備物之
盛未有若今之富者止宜禮中岳封泰山禪
梁父發德號明至尊厚福慶篤黎民司馬相如封禪書曰將[illegible]
舊六為七攄之無窮碑方出得激清流揚微波飛英聲騰茂實
揚仁風 騰茂實 張華封禪儀曰聲自生人則有后辟
載化之數莫之能紀大德齊代揮揚
仁風茂 詩 李義府美陪封禪詩 天齊標巨鎮日觀
實見上 啓崇期岧嶤臨渤

澥隱嶙揢河沂眺逈分吳乘凌高屬漢祠建岳誠爲長升功諒
在兹帝猷符廣運玄範暢文思飛聲揔地絡騰化撫乾維瑞冊
開玠鳳禎圖薦寶龜創封超昔夏修禪擒前姬東后方肆覲西
都導六師石閭環藻衛金壇映徹帷仙階溢耜黍靈檢燿祥芝
張樂紛韶濩觀禮縱華夷佳氣浮冊谷
榮光泛緑坻三始昭遐䝿萬歲受重鼇

表 李百藥勸封禪表

大禮與天地同節大樂與天地同和六宗五帝禋祀惟
永名山大川饗禮無輟而告成方岳獨異師古自朝及
野馳心蕩慮伏願御六氣之辨順四序之和升彼
岱宗具斯盛禮聽萬歲之逸響紹千載之遐蹤

朱子奢請封禪表

臣聞天地之大德曰生遂其生者元后聖人之
大寶曰位固其位者上玄豈可不對越壇場欽若
穹昊雖復舜格文祖周變商俗體淳德而揖讓濟澆道於干戈
步驟之迹以殊損益之功斯異誠有之矣至於詔蹕梁父張樂
介丘增類帝之封典射牛之禮
考績禋燎繼蹤韶夏豈殊道也

岑文本勸封禪表

伏願
順萬
國之歡心膺三靈之睠命備天官以周衛盛輿服以巡遊五輅
齊列六龍按轡瞻岱郊而啓軔指瀛里爲一息詔卿士延禮官
安稀壇箭

設壇場陳玉帛禋六宗而報上帝班五瑞以朝諸侯成天下之
壯觀紹帝王之盛節俾夫山稱萬歲壇燭神光播厚福於無窮
揚鴻徽
於來裔

高若思勸封禪表

伏願褰旒寫照洽羣請於帝
俞闢纘垂矜遂微懇於人欲
騰兹璽誥激彼天波徽萬玉以警塗詔八神而弭策藉江茅而
陳鄗黍飾蒼璧而奠黃琮馳萬歲以飛聲接九重而嬀美使編
珠瓻䝿開麗色於金泥觸石凝禎蕩浮華於石
礪式昭昌祚永播鴻名九在生靈義深聳踊

初學記卷第十三